清藏住持

林投冤・桃花劫

時代推理

唐墨　著

目次

【各界名家好評】

許多人都愛看偵探小說，中年以上的人沒看過《福爾摩斯探案》的恐怕很少吧？神探福爾摩斯和華生醫生合作辦案總是那麼無懈可擊，讓人津津樂道。年輕的朋友小時候可能也都看過卡通影片《名偵探柯南》，那足智多謀的小柯南可是當年大家心目中的大英雄呢！

但寫偵探小說的作家就較少受到注意了，可能是因為偵探小說被歸到通俗文學裡去，不登大雅之堂，不受正統文人重視吧。再者，提到偵探小說，大家想到的都是英美或日本的翻譯作品。本地能寫偵探小說的有誰呢？一時實在想不出來。

沒關係，我幫你想到了。他叫林恕全，筆名唐墨。

唐墨已出版了幾本小說，其中《濃度40%的自白：酒保神探1》和《清藏住持時代推理：當和尚買了髮簪》就是短篇偵探小說集，而且後者已推出了神探二人組：府城松本寺的清藏住持和拉著雜貨車賣什細的秀仁，他倆一搭一唱合作無間偵破了不少奇案。而《林投冤・桃花劫》則是他們二人組更精彩的再次演出。

《林投冤・桃花劫》顧名思義和臺灣民間傳說林投姐有關，林投姐的故事曾演成歌仔戲，拍成電影和電視劇，哀哀怨怨，鬼影幢幢，賺了不少觀眾的眼淚。唐墨這次別出心裁，先從府城臺南的藝姐桃花寫起，色藝雙絕的桃花把王董、盧舍一幫人耍得團團轉，這和林投姐有什麼關係？

別急，別急。這是長篇小說，接著阿雲上場了，莫名其妙被託孤；再接著桃花被剖成兩半，陳屍在荒郊……警察署展開調查，找「我」幫忙，「我」再找松本寺的清藏律師，神探二人組正式啟動！再往下，肉粽文晚上賣肉粽給女客收到一張青仔欉（百元鈔票），第二天早晨變成一疊紙錢，壽町一帶的商家接二連三遭遇類似的事情，這不是鬧鬼是什麼？一波未平，一波又起。肉粽文又供出陳家媳婦李昭娘在海邊林投樹頂吊死。這到底是怎麼一回事？桃花和李昭娘她倆互不相識，怎麼會先後喪命？警察署緊張兮兮，記者們窮追不捨。如何抽絲剝繭釐清案情？這重責大任全靠神探二人組仔細調查，再統整分析，最後終於真相大白。

全書約十萬字，把日據時代老百姓的生活全攤在我們面前，濃濃的日本味配上道地的臺南氣息，富商、夫人、乞丐、商販和道士的說法或真或假，是閱讀時特有的趣味，神探二人組固然得去蕪存菁，讀者也可以趁機考驗自己的判斷能力。讀到最後，不得不服氣：唐墨，你真了不起！

總之，喜愛偵探小說的您，千萬別錯過了！這是唐墨的第三本偵探小說，也是他第一本長篇的偵探小說。《林投冤‧桃花劫》情節詭譎多變，引人入勝，保證您看得過癮！

——丁肇琴（世新大學中文系教授）

閱讀《林投冤》一書，對我來說是個有趣又複雜的經驗：閱讀的同時我不停地Google裡面許多用詞，諸如朝花、宵花等等的意涵；又一邊嘗試用台語讀出主人翁講台語時所使用的那些文字；同時又要動腦筋把整個故事的節奏順起來，一邊想像那個時代、那個場景與那些「人」會有的樣子、講話的語氣與溝通的方式。

實在很忙。

作者唐墨是我一向敬佩的好友，台灣本位主義的故事中，卻又不失勾勒出其每個環節中受到各種外來文化影響，在民俗上的各種衝突表現；特別是裡面一再提到總督府命令本島人士「不可迷信」一段，讓我沉吟反思良久，也自發性地去查找了一些歷史資料，意外得到不少收穫。從一個對佛法有些熱忱的研究者角度來看，本書以一位法師作為辦案的偵探：清藏律師不但熟撚佛理、了解人心，更有一顆清醒的頭腦，恰到好處地使用宗教對人們的影響又不壞了分寸；我相信他不是只是一個「角色」，更毋寧說是作者還有我、我們這些在社會與佛法中尋找平衡、串連溝通的人，所嚮往之的一個英雄吧！

故事的主軸，相對於是一個「破案」、「奇案」或鬼故事，我更覺得是在陳述人心之千奇百怪：但在常見的「慳吝的富商」與「偉大的藝伎」之間，本書加入了宗教這個跨越生死的文化，如何對人們產生影響，以致最後能夠讓案子沉冤得雪。可以說，在這裡，宗教不單單只是一種「安慰」，更是一種「積極地啟發」。

就像一開始說的，這是本有趣的書。

——羅卓仁謙（佛法學者、解脫協會創辦人，兼學藏傳佛法噶舉派與日本真言宗，作有：《辯經・辨人生》、《別讓世界的單薄奪去你生命的厚度》。）

睽違兩年，「清藏住持時代推理」系列作第二集終於面世！這是本系列的第一個長篇，明確展現唐墨身為本土時代推理小說家的深耕與野心，成果亦不負期待。《清藏住持時代推理：林投怨・桃花劫》大幅揉合推理敘事、台灣傳說故事、台南地景、史料考據與物質細節，反手卻舉重若輕寫成娛樂小說，直令人不由得一口氣讀到結局。

——楊双子（小說家）

讓民俗生活成為走入時代的鑰匙、推理破案關鍵，對脫離民俗思維者來說是奇異的，對民俗咖來說則是日常的。跟著清藏律師走歷人間，同時也能拾獲不少民俗常識，一兼二顧，摸蜊仔兼洗褲。

——「民俗亂彈」執行編輯溫宗翰

一、新町的桃花

如果有人出錢，把新町歌樓舞館最知名的藝妲都請到運河邊，一字排開，不管是鳳凰閣的陳金快、雅樓的焦玉仙、寶美樓的王香禪、東蓬萊的蕭四娘、或是退休很久但依然絕色傾城的王大夫人，與前輩們站在一起，那身形嬌小又掛著幾乎一張素顏的桃花，也是絲毫不會遜色的。常常跟內地批貨做生意的王董說，開放大家來投票選美，桃花應該可以拿下前三名。

南音唱得十分了得的桃花，站著但只比琵琶高一個頭，那天是鄉下的田僑仔盧舍，從中國買來一把北方琵琶給她抱抱看，盧舍笑說，平常琵琶橫著彈還沒什麼感覺，這北方琵琶一立著彈，不只半遮面，還半遮身，儼然像個孩子在彈琴。纖細的小手抓著品相摁弦，手臂全伸直了才與琵琶脖子一般高。嬌小成為桃花的利器，她不用扮得濃豔，只需要繼續保持著十三歲左右就停滯的身高與面貌，淡掃蛾眉，便趨得一批貪婪的男子，像保護、疼惜、愛憐自家姪甥輩的女童一樣，團團圍著她，夾菜夾雞鴨，又敬酒獻茶。人人爭點她的煙盤，想將她疼惜起來，深恐她落入了別的下流男人手中。

山水閣的娼頭素春誇她「生來就是替媽媽著想的」。開春的時候跟王董批了幾疋西陣的織錦，要給大家做和服，裁剩下的零頭布料最多弄個財布什麼的，而桃花硬是可以比別的女孩子多做一個財布、一個巾著、甚至是一件短掛羽織。

實在講，不僅是全府城，或許大稻埕、艋舺，乃至於內地的京都或東京，要能找到與她匹敵的女子，大概就得去第一等的吉原、島原、上七軒，找看看是太夫花魁那一類等級的了吧。她站在高齒木屐上，讓小舞伎、秃、藝伎姊妹、撐傘挑燈的僕役們團簇圍繞，巡著新町四周道中遊行的艷姿，畢竟也是那些男人們曾幻想過的事情。

委身在山水閣，真是暴殄天物了！就算此生無緣來場最氣派的花魁道中，她也應該早早去華族的家裡，當新娘的老師或老爺的新歡才對。再不然，以她的色藝無雙，也應該自己出來開業，調教下一輩的藝妲。跟日本人做生意的王董經常這樣稱讚她。住在新町附近的人，或是常常在這裡走踏的乞丐或商販，都曉得王董對桃花的呵護有加。

論桃花的功夫與姿色，「色藝無雙」這塊匾，是一定打得起來的。一個晚上可以同時應付盧舍、王董，三個人同桌吃飯，待分房休息睡去一宿，隔天早上個個都稱讚桃花服務周到，為人體貼。桃花靠的是什麼分身的幻術，沒人曉得，就算私底下去打聽，盧舍王董這二個截然不同的人，一個是鄉下暴發戶，一個是優雅仕紳，身分品味都天差地遠，但他們依然都很挺桃花的番。「敢講沒有怠慢你們嗎？」老娼素春跟守在門外的姊妹，經常會問桃花房內的虛實。素春當然是怕桃花貽誤了客人跟生意，姊妹多半別有用心。

「耶，別這麼說，顛倒是桃花姑娘多費心了。」王董臨去前，交代素春，說要讓桃花睡晚一點；再不然，他可就要連今天的番也買下來，讓桃花好好休息。

素春和那些姊妹們覺得怪。一朵桃花可以鎮住這兩個豪商，身段不簡單。

老娼頭素春是很喜歡這樣怪怪的桃花。至於姊妹們，手邊全部的恩客加起來才勉強可以跟這枝桃花比拚一下長短高低，就算心裡頭埋怨，姑且也還不敢挑明了跟桃花對著幹了。

那塊「色藝無雙」的匾，掛在山水閣正廳，少說也有三年多了。王董請老師傅一刀一筆刻了半個月的肖楠漆金大匾，本來還在思考要不要題字說是送給桃花的，結果山水閣的老娼頭素春特別吩咐，這塊匾，整個山水閣沒人敢收，誰收誰就會被欺負，就請他註明是給桃花的吧。

或許也有好事的人會問起桃花的身世，但不會有結果的。嬌豔欲滴的，眼珠子底彷彿能溶出水一般的清靈，每每思及桃花的年紀應不超過二十，反倒讓人升起一股想費盡家產，捨家棄子去疼愛她的同情心。

同情的話要趁早，做這一途的，就剩兩條路可以走了。

也許會跟著素春的腳步，慢慢走上歌樓舞館的樓頂，坐在純木嵌造的厚重桌案前，翻一翻帳冊，俯視整片新町與浜町，慢慢也握有一本寫滿了年輕女子的花名冊，慨然吐盡一口菸雲後，饒有覺悟地說：「什麼東西，都有一個價格！」

將初夜水揚賣出後的早晨，桃花扶著歪斜的髮髻，她覺得身心寧靜得不可思議，彷彿她已經認清了自己的天職。也不哭也不鬧，就是這麼冷冷地、木然地聽見素春在安慰她，告訴她未來前程一片大好。她居然只覺得有點好笑。

「阿母，我知影我的運命，差不多就是這樣了。」

「真正看了這開？」

「怨嘆是一天，歡喜嘛是一天。」

「阿母我是頂世人燒到好香，才來買著你。山水閣若冇你，靠你那些姊妹我應該早就冇夠吃穿，流落佇大馬路口了。」

桃花只是搖搖頭。

「不會啦，這些姊妹仔也是我的恩情人。」桃花感念這些姊妹們不曾與她爭頭角，放著讓她自由發揮到今天的地步。菜店查某之間，不搶不詐，可以做到這樣子，也是要有很寬宏的大量就是了。

誰買走了桃花的水揚不是那麼重要，重要的是，晚來的她，從此就與先到的姊妹們一樣，成為真正的藝妲，也陸續培養出了各路的恩客。可是，新町也好，浜町也罷，這些歌樓舞館，加上貸座敷、小吃店、茶店酒家全都算盡算空，雖沒有三百六十五軒，但一間山水閣，二流酒家，上上下下有姑娘十多位，如果人人都想坐上素春那張茄苳入石榴，大概廝殺得整片台南運河都血光如夏末之夕照，都還未必能有結果。

那麼，就有人轉了念頭，立志脫離這裡，錢撈夠了就洗腳不幹。唐山人說金盆洗手，內地人講「足を洗う」。反正都是洗。如果有這樣的念頭，首先得抓緊一個金主，不管是績優股鄭元和，還是靠爸族王金龍，反正不要看走眼去挑到王魁陳世美，大概都可以有不錯的好下場。

可惜，送匾來的王董早就已經有一妻一妾了，如果把桃花填作第三房，想必前面兩房一定會聯合起來欺負她；疼惜桃花的王董，面對龐然襲來的孤寂與衰老，伴著容貌氣質俱失的庸俗妻，還有處心積慮只是貪戀財富的妾，寧可自己算數著不長久的未來，也不願讓桃花身陷險境之中。

「王董那個大某秀鸞不要講，作田人哪有軟性地？啊彼個做妾的佳代子，是王董買著兩張高千穗丸的頭等艙，專工位內地的島原抬倒返來的頭牌花魁，不用三兩步，就會把我們嬌柔的桃花整得死死的，是不是？桃花，你有這樣的好本領，舉世無雙，千萬毋通去給王家糟蹋。」

嘴裡捧著桃花，實則暗貶王董及其一對妻妾的，正是坐擁祖先田產的盧舍。

「盧阿舍毋通這樣講，汝共王董都是我重要的人客。」

那差不多是去年的事情了，盧舍一夜灑了一千圓在桃花身上，雖然後來桃花醉死了，一點也不能服侍人，但這個傳說還是盧舍自己宣揚開來了，恐怕人家不知道他也是桃花的幕內賓，有點和王董一較短長的意味。

「好好好，今仔日你要好好陪我。明仔載是不是王董要點你的番？」

「什麼都瞞不過盧阿舍。」舉了一杯酒，再勸盧舍：「來，我先敬盧阿舍。」

「是講。」盧舍接過酒來，喝了一口後，忽然停頓了一下。

「嗯？」桃花難得看見辯才無礙的盧舍也有吞吞吐吐的時候。

「我過兩天要返去庄腳。」

「是欲巡田水嗎？抑是欲收數？」

「攏有。」

「外久會返來呢？」桃花給盧舍夾了一口魚，自己也夾一口菜。

「抑嘸知哩。」盧舍看起來不僅是要返鄉而已，感覺他另有心事。盧舍最近來找桃花的時候，都是憂頭結面的，想要多問一些，他卻總是說，出來玩啊，就不想講那些麻煩事情了。根據桃花對盧舍的認識，看樣子應該跟錢有關。

桃花看著窗外，已經是秋末時節。也差不多是盧舍回去的時候了。

「那我再敬盧阿舍一杯，祝你一路順風。」

「多謝多謝，你要好好保重。」

這一杯一謝，都是去年秋日的舊事了，盧舍對她的叮嚀猶在耳畔，憑倚山水閣二樓窗台的欄杆，街道上才正要開始熱鬧，來來往往有很多男人抬起頭看見桃花，都流著豬哥涎在張望她。比較不尋常的，就是山水閣外頭擠了一群乞丐，平常都是晚上十點多才會來新町這附近，專程向剛鬆完的酒客們乞討大方的零錢，今天不知道怎麼了，才早上七點不到，就圍著山水閣吵吵鬧鬧。

「是桃花啊，噯呀桃花來啦，恁緊來看。」

「聽講桃花昨晚去被一個乞食開去，毋知有影冇？」

樓下來往做生意的人跟著乞丐們嘰嘰喳喳，桃花盡量讓自己不要聽得太清楚。斜睨著樓下的乞丐，看他們抬頭仰望著自己。乞丐們的喧鬧，就當作不識趣的寒風，吹滿小樓罷了。持著助六煙管，吐了一圈一圈的煙，思想起回去鄉下的盧舍，也該來交關了。說是回去一趟鄉下，而今將近冬至，整年匆匆費去，竟不曾再見他來山水閣。不知道他遇上了什麼憂愁的事。

「明明還是血性的單身男子啊，竟一年未見了。唉。阿雲，阿雲啊！」

桃花對著鏡子，朱唇輕啟，喊著阿雲的名字。阿雲在山水閣當使用人，一聽見桃花喊她，就知道桃花要出門了。趕緊上樓去，替她收拾打點裝束。桃花說，今天八點多就要到王董指定的貸座敷去。阿雲帶著兩個下女圍著她，整理著桃花烏黑的頭髮，還替她挑上一件袖底與裳尾開滿了野玫瑰的鮮豔和服；和服底色是一片深黑，那白花黃芯蕊的玫瑰，似乎開得更野了。西式的風格混搭在傳統留袖上，阿雲忙著捆上繡金線的西陣腰帶，一圈又一圈，最後還在腰帶上又多綁了一條鑲著紅寶石的繩紐。

「彼個王董，一透早就把你點出場，毋知要變什麼網？」

「我亦毋知，反正就是要去赴約就對了。」

阿雲是個跟桃花年紀差不多的女子，素春看她沒爹沒娘，窮困到自己要把自己賣了換錢才活得下去，但又真的不是那塊料，想說乾脆買進山水閣當使用人，讓她學著管理山水閣的打掃、煮飯、替藝妲打點裝扮等庶務。幾年下來有聲有色，好不容易算是素春的左右手了，阿雲還從素春那裡學會了一套察顏觀色的本事，來的酒客就算是再過分的注文她都應付得了。

記得一次最誇張的是有酒客跟她點火鍋，那是半夜兩點，喊著要吃火鍋，還規定一定要海鮮鍋，哪裡才有得買呢！素春是一時沒了主意，阿雲倒是二話不說，碗櫥裡撈出了一罐蠑螺罐頭，配上水芹跟魷魚乾，米酒醬油大蒜，就搞出了一鍋熱騰騰的火鍋來。

除了幫素春應付客人，替素春關心藝妲，也是阿雲的份內事。桃花的交際過程，阿雲都看在眼底，她也早就看出王董這個人不值得桃花交陪。理由當然跟盧舍分析的一樣，以桃花的天資，就算不做正室，萬不可能去當人家的三姨太。

「王董甘是你選的旦那？你以後毋可能一世人都留在山水閣吧？」

「阿雲，你放心啦。我知影你的意思。我毋可能選王董做我的旦那。」

「那你有看中哪一個嗎？盧舍嗎？」

「嗯，照現在看起來，盧舍應該是一個選擇。」

桃花對著鏡子漾起微微一笑，鏡子裡的阿雲也就看懂了她的意思。桃花的一個笑，足以讓癡情男子多花十圓來買，即使是天天看慣了桃花笑靨的阿雲，也覺得桃花那種溫柔而不狐媚的笑容，是山水閣非常有價值的珍寶。

「莫只是講我，你呢？阿雲你最近不是有親戚來找？」整間山水閣，最常談心的對象畢竟還是阿雲。桃花有很多事情，也只敢跟阿雲講。

「那種親戚，抑是免相找較好。一來就丟麻煩給我。」阿雲替桃花簪上了一朵假的桃枝髮簪，語帶抱怨，講的是最近山水閣多了一位嬌客的事情。阿雲無父無母地進了山水閣，過上許多年，從未想過還有親戚記得自己這個孤身女子。

「伊也是不得已啦，誰願意將自己的子兒序細，寄位咱這來呢？」

那夜，自稱是阿雲姑婆的老婦人，托了一個還在襁褓中的嬰兒給她。說那個嬰兒的父母，惹到了仇家，把孩子交給她，說要出門一趟，竟雙雙被火燒死。阿雲的姑婆怕嬰兒遭殃，又不知道可以托送去哪裡，忽然想到家族裡有個叫阿雲的，在山水閣當使用人，千拜託萬拜託，拜託素春暫時收留一下嬰兒。起初，阿雲還不認這個姑婆，是姑婆一五一十地說出了她父母的往事，她才不得不相信，認下了這個半路殺出來的姑婆。

「我這是茶店，毋是托兒所呢！」素春一手提著煙管，坐在她的純木桌案前，皺著眉頭地聽阿雲姑婆訴苦。當時阿雲跟姑婆都跪著求情。阿雲求得很不是滋味，當年，整個家族豈有任何一個人替她求情呢？憑什麼現在要幫這個從未見過面的姑婆，求這什麼人情！

「拜託啦，這個囝仔的命，就在諸位菩薩的手中了。等我若是找到更好的所在，我再來接伊。這一陣就拜託你們了。啊，對了，伊老父老母還是有一寡手尾錢，幾百圓應該有，都寄在我這，等這囝仔安全了後，我一定重重有謝！」說罷，阿雲姑婆從她的褲口袋掏出一張青仔欉，放在素春的桌案上。

阿雲簡直要氣瘋了。當年這個姑婆要是收留她，根本不用花她一百圓。不，時至今日，可能還幫她倒賺一百圓。但事後想想，她何必跟一個自幼就沒父沒母的嬰兒過不去呢？素春雖然還沒答應，但看她那猶豫的樣子大概也不會拒絕。一個嬰兒要如何吃空這一百圓？何況還有後謝。阿雲知道素春正在撥算盤子，就像當年她也被素春撥過一樣，但那與她無關，她只是靜靜地盯著姑婆背後那個睡得十分酣恬的可憐孩子，口水淌在姑婆背上，那天真的樣子，哪裡曉得他即將背負沉痛且孤獨的未來了呢！

如果姑婆不來接他，說不定下半輩子就真的要老死在山水閣了呢！

「阿母，咱就共接落來好了。以後有一個男丁，也是好辦事。」阿雲最終還是開口了，替一個根本不認識的嬰兒，用她那不合襯的身分，開口向素春求情。

「好啦，我是看阿雲在我這邊很頂真，有信用，才勉為其難幫你。希望你會記，你自己講過的話。」素春在等的，就是阿雲開口。

「是，是，多謝素春，多謝阿雲！」送走了第一次見面的姑婆，阿雲就多了一個帶孩子的工作。這個工作不算難，因為山水閣的姊妹們都愛死了這個孩子，時不時都會有人抱著他，陪他玩耍，餵他吃奶。

只是，阿雲不免也想到，更遠的未來，她該怎麼辦？他又該怎麼辦？

那種有事出現沒事閃邊的親戚，真的會來接走這個孩子嗎？

阿雲可不是有本事挑旦那的那種貨色啊！從恩客裡挑一個旦那，拚個後半輩子跳出苦海，畢竟是最多人選的去路。阿雲並非沒有這項選擇，茶店藝妲間的使用人，也是有被富家子弟相中，迎回去作妾的例子。但是阿雲估量自己，興許這輩子是沒機會了。阿雲當然也不怕作妾，她怕的是如果真的百年難得地被誰相中了娶回家，那這個孩子要怎麼辦呢？

「好啦，我知影你在煩惱啥。」桃花看阿雲陷入了苦思，便對她發誓：「我若是真正被一個好旦那撿去，我一定會想辦法將你共彼個囝仔作伙帶走的。」

阿雲只能投以感動的淚水，她也不知道要怎麼報答桃花。

「你也莫激動，我就還未選著好旦那呢！」桃花正在物色，不管是有地有房的盧舍、還是專門跟內地人交陪的王董，乃至於將來會不會出現新的對象，才是桃花真正關心的事情。

那套繪著野玫瑰的和服，襯著桃花的臉，華麗但不俗濫的風格，若是穿在高一點的人身上，或許就真的有點太野了。這套和服只有桃花可以駕馭得了，她像一叢開在低地的野玫瑰，枝條嬌嫩得不堪採摘。阿雲幫桃花著完了裝，滿意地看著自己的作品。桃花站起身來，對著鏡子端詳了自己上下裡外。

「阿母！」正巧，從鏡中看見素春，她只走進半步，一臉倦態地站在門邊。桃花此時的眼神略帶歉意，望著鏡中的素春：「阿母你辛苦了。」

「我真正去乎那些乞食氣死！」那群乞丐在山水閣外作鬧，氣得素春拿起一桶一桶的水，猛地往他們身上潑。十二月寒天，門邊用來消火的水，差一點點就要凍成冰了，乞丐們知道素春這桶水的厲害，躲得遠遠的，不久，便一哄而散了。

「昨晚的少爺，果然有問題。」阿雲這事後諸葛發言，也挽回不了什麼。

昨夜，有一位全身西米囉，筆挺白衣，帶著高級巴拿馬草帽的富少來點桃花的煙盤，那看上去一點異狀都沒有的交易，卻在隔天早上引來一群乞丐敲著飯碗，叫叫嚷嚷地說：「桃花爛爛去了——。」

「桃花去被乞食開去啦！」

「乞食都可以開桃花，桃花有什麼價值！」

昨晚那人究竟是不是乞丐呢？早就不見人影了，草帽富少的形象也不知道是不是裝模作樣出來的。因為昨晚他都很寡言，桃花也聽不出他是哪裡人，回想起來，那張臉非常面生，不知道要去哪裡找這號人物。

「早知就聽你的，莫接過暝的人客。」山水閣大概快半個月沒有招待酒客過夜了，素春想趁天氣還沒真正開始冷，趕緊把要縫補的棉被、該糊貼的紙窗紙門，加強修繕一下，以應對冬至後一波波補藥吃太多，精力過度旺盛的酒客，所以聽了桃花的建議，特定訂下了一個月暫不接過夜客的規矩，寫了一張告示貼在門口。但昨晚素春還是鬼迷心竅地接了白衣富少的單，畢竟還是無法拒絕鈔票：「我想講伊好額又大般，誰知影竟然是一個衰鬼臭乞食！」

說實在也有十多天，桃花都是自己一個人睡，昨天晚上與那白衣富少的應對，不知道是否怠慢了他，才有今天早上這乞丐之亂？萬不可能的，素春認為，桃花是她親自調教，就算一年不開業，她早就練成三秒間使大地回春，春潮滿江又帶雨的好本領。

「你這樣過去真正沒關係嗎？」素春看著穿戴整齊的桃花，正準備趁那些鬧事的乞丐自討沒趣，改去討早飯的時候，要趕緊出門赴約。

「我已經答應王董了，不去不行。」

「我會使共王董喬一下，叫伊這次就煞煞去啊。」桃花轉過身，輕輕抱了一下素春：「沒要緊啦，出去一下，中書就會返來了。啊，阿母，中書，中書我想欲呷豬腳。」

「好好好，我會傳好等你返來。」

「桃花姊姊，順行。」素春和阿雲看著桃花離去。桃花拍了拍肩上殘餘的香粉，獨自走出山水閣。這朵桃花儼然有了慷慨赴義如櫻花凋零的颯爽姿態，昂然於天地間，萎萎開落。

二、松本寺的清藏律師

「我從來沒想過，這是最後一擺共桃花講話。」

素春把桃花的事情交代得清清楚楚，當然，為求筆記乾淨，我也盡量將素春的贅詞省去，並且在盧舍、王董的名字底下畫上重線，多加強調了他們跟桃花的關係。不管是白衣富少，還是阿雲的姑婆，我都覺得需要注意一下。

想到桃花的命運，儘管是早已堅強了三十餘年，什麼女人的下場都見過的素春，卻也不禁掉下熱淚來。

素春再聽到桃花的消息，是警察上門來報，說虎尾林的荒郊，有人發現桃花的屍首。這樣的女子，仰躺在荒野草地裡的樣態，像花精搔首，山鬼顧盼；那些目擊的乞丐們，一度還以為是九尾妖狐誤闖人徑。

桃花身上那件野玫瑰和服有幾處輕微的破損，但是她渾身散發出來的高雅韻致並沒有因為幾個衣袖上的小孔而被抹除。

遠遠望去，她好似夜觀明星，睜開杏眼看著天穹，身型自在沒有扭曲。

靠近一看，才會發現在西陣腰帶以下，和服包裹著下半身的部位竟是一片空洞無物。殘虐的兇手將她斬成兩半，衣帶底下都是血灘，連草地都被灑得鮮紅片片，她的和服，諷刺地將那一朵朵野玫瑰重新綻在草皮上。高貴的腰帶纏住了她的蠻腰，捆不住她奔向自由的雙腿，在十幾步遠的地方，她的下半身，赤條條的兩條白晰的腿，被飛亂的血痕染污了。

那也的確是她的腿，因為腳上還套著那雙配襯和服的履物，上頭的紐帶花色與和服是一套的。而且，上下半身對驗起來，完全符合桃花生前嬌小的身型。那樣身高的女子，在這附近並不太多，甚至整座府城也極難找到，而能夠穿上這麼高檔衣料的，更是屈指可數。警察趕到現場後，並未破壞現場將桃花「合」起來，而是打開兩張白布，各將桃花的上下半身裹住。

因為接獲報案的警察只是地方警員，從未經手過這麼血腥的場面，他們需要警署的支援，只能守住現場等待警署發落。此案轉到警察署的田邊手上，當他看完了檢證報告後，根據管理娼妓的名冊，他一頭派人去通知山水閣的老娼素春，自己則親身跑來我家，要我跟他一起到現場。

「虎尾林，哪會將不是你管區的案件派予你呢？」

「就是因為山區的警察沒接過這麼嚴重的案件，他們向署裡借提人力協助。是桐生主任認為可以交予我，所以就派我上陣了。」

「喔，所以你也是驚人手會不夠，才找我來幫忙？」

「是啦，也就是想聽看看你的看法。」

「好吧。」

雖然聽到我的答應了，但田邊還是再補了幾句客套話：「你也跟律師辦過那麼多案子了，你的觀點，對我們警方也是很有幫助的。」

「那你怎麼沒直接去找律師？」

「我已經派人去了，但聽回報的人說，律師好像不在松本寺裡。」

「才透中晝，他會走去叨位呢？」我們口中的律師，不是替人興訟折獄的辯護士，而是住在安平港邊松本寺的名僧清藏律師。

松本寺裡只有他一位修行者，住持兼知客、香燈又撞鐘，從事戒律研究而獲得律師的頭銜以來，也深入接觸了不少警察都無力解決的案件，並且靠著他出家前的法醫知識，還有出家之後引渡眾生的經驗，總能在奇情詭譎的迷霧中，撥開一道亮眼的光芒，照破黑暗。算起來，清藏律師是田邊的前輩，田邊就是靠著律師的幫助，一次次破解了各種懸案，才開始在署裡有點名氣。人們知道，如果發生了不可思議的案件，一時間找不到清藏律師，至少可以先去找田邊，田邊會找到我，而我一定請得動清藏律師。

田邊開著黑頭車送我到現場，雖然他也還沒到過現場，但根據現場警察的描述與紀錄，這是一起兇手幾乎沒有留下破綻的案件，加以地點偏僻，沒有目擊證人，所以田邊才會一看完報告，就決定來找我一起會勘。

黑頭車來到虎尾林的野地時，老娼素春也已經到了。陪著她的還有另外一組警察，三人小組正在勘驗現場。地上那兩張白布，就是田邊所說的，被分屍的桃花；至於底下現在究竟什麼樣子呢，說老實話，即使是看過許多遺體的我，其實也不太想看。

「這樣吧，等我的同仁檢證完後，你再來勘驗。你先幫我問問素春。你知道的，像她這樣的女子，應該對我們警察很有戒心。」

「你是驚伊會不老實，話中藏話？」

「不能不提防吧，她這樣年紀、這種行業的人。」

「嗯，好，我先來問看覓。」慢慢趨前走近素春，我拿出筆記本，開始抄寫不管是觀察到還是從素春那裡問出來的所有線索，不足的地方我甚至也畫了簡單的草圖說明清楚。我知道，這份筆記的重要性。務必要讓清藏律師可以從筆記就看懂案發現場，因為這樣驚悚的現場，總不好留在這裡太久，即使是荒山野嶺也還是有人會經過這附近的，虎尾林零星地住了一些農家，還有沒地方住的乞丐，隨處在破屋破廟裡棲身，被人瞧見了，不知道會惹出什麼樣的大麻煩來。

素春那絮絮叨叨的語氣，我也盡量地保留了下來。

「昨晚，穿白衫的彼個富家大少，伊就拿五百圓來我那裡呷酒，還硬要點桃花的煙盤。從來不曾看過的生份面孔，一出手居然就是五百圓！」

「我聽人家講，桃花不是專門服侍王舍盧舍這款好額人嗎？普通人哪有可能點到她呢？」一般人也都風聞過桃花的規矩，光有錢是碰不到她的，除了錢以外，還要有點本事。她會挑客人，也沒有什麼法則，總之應該是順眼順心吧。

「是我不好，是我逼桃花同意的，但是今仔日透早啊，呀！我實在是後悔莫及啊。」素春扶著額頭邊哭邊說：「我亦會記，差不多八點外，一個穿著全白西裝還戴高級草帽仔，帽仔邊有一條白彩帶的少年人走入來，他說欲見桃花，無論如何都要。我趕緊請他先上座，然後要桃花好好奉待伊。」

「桃花應該不肯吧。」

「對啦，因為她今仔日跟王董約了透早八點啊，她才沒彼個體力，晚時又陪少年人，透早又去找王董。」

「抑不過，你還是逼她接受了。」按照素春的口述，像桃花那樣溫婉的女子，會依從素春的要求去接客，也是意料中事。

「唉！這聲就去了了！還不到六點，外口就一陣一陣吵吵鬧鬧。我打開門去看，就是一大陣的乞食，在那裡敲碗打鑼。」素春從後悔轉為憤怒道：「他們在外面大喊啦，說桃花予乞食幹了歸身軀都是病。想要共桃花的名聲用乎臭。」

不可一世的藝妓被乞丐寮的乞丐玩過，那往後什麼舍什麼董的都不可能來找桃花的生意了。

「那桃花她受到彼大的打擊，她哪會還有辦法去見王董？」明明遭遇上這種幾乎令她生涯從此就要畫上句點的攻擊，卻還有辦法梳洗打理得如此出眾，像個沒事人兒一樣，親赴王董的邀約；我對於這名奇女子的敬業與堅忍態度感到敬畏十分，同時，也為她的死狀哀悼萬分。

「她當然要去！她非去不可。」素春說著說著，怒極攻心，竟把眼淚都逼出來了，一搭沒一搭地哭著說道：「她這樣的大花魁，嗚，假使講名聲真正臭掉，那是連死都未當相比的酷刑。她看我把乞食趕走了後，伊很冷靜地說，說，說她要在王董還沒聽聞這件事情之前，趕快予王董同意欲娶她，而且還欲王董親筆簽字。我真的，啊。她說，就算王董不肯簽字不想娶，聽到自己這樣主動投懷，多多少少，也能讓王董給她一筆大錢好打發打發。」

「所以她就赴約了。」我還想著她身上穿的美豔和服，和金邊腰帶、紅寶石繩紐，全都完好沒有被竊走：「而且歸身軀的盛裝打扮還沒有被兇手拿走。」

「我看著她梳好頭的，我親眼看著的。」素春的雙手摀著臉，再也說不出任何話了，就是一個勁兒地猛哭。素春把昨晚八點到今早八點這之間遇到的事情都告訴我。包括昨天晚上遇見的白衣酒客，以及今天早上叫囂的乞丐。她說她想起了桃花對鏡梳化的容貌，心裡不勝唏噓。

素春拼拼湊湊地把她對桃花的追念與疼惜，還有她面臨的這一團混亂現況都交代清楚後，田邊就請她先上車休息。一方面也是不忍她再多看桃花一眼。畢竟那也是她一手調教，百般疼愛一如她的親生女兒。

我是認為，素春沒必要對我有所隱瞞，所以就如實的抄錄了她的口述。發生這種悲劇，她也沒有那種精神編謊話來掩蓋什麼。況且，按照素春所說，還有一位證人阿雲，有一答一，有十答十，對素春以及整個山水閣都是有利無害的。

我雖然不如清藏律師那樣威名遠播，但我大街小弄叫賣的聲音最為府城人熟知，他們聽我喊：「賣雜細喔！」就爭相跑出家門來；或是看到我在路上左右搖晃的身影，有時候是他們喊住我：「賣雜細的！」圍著我的攤車東撿西挑，常常鬧得我一條街得走上一個小時才完。我賣的大部分都是一錢兩錢的小東西，我經常想，他們這種搶購的方式，應該也是一種城市生活的減壓祕訣吧。

山水閣這一段路是我必經的地方，路過新町不能不經過山水閣的大門口，素春日日在店門口招客人，看我是看得熟了，但除了買賣交易之外，其他的閒話倒談得少。這樣的情況並不常見，一般人都會想跟我多多攀談幾句，好套點交情，往後買東西少幾錢是幾錢，但素春不貪這個，她總是點點頭，就算是打了招呼。

等素春情緒平復，田邊將她請上車後，我才走近桃花身邊，緩緩揭開遮蓋著桃花上半身的白布。看見桃花的第一眼，縱使是見過許多兇殺案的我，也完全不能原諒那殘暴的手段。

「這是彼個桃花？」就像前面素春講的，像我這種在新町走跳的商人，肯定都聽說過桃花的名聲，有點臉緣的可能也在廟會或樓台上看過幾次桃花，揭開白布的當下，我有點不敢相信，眼前倒臥血泊中，半截身子分家的女人，就是那個常常在二樓眺望街景的名妓桃花。

桃花的臉上佈滿了橫七豎八沒有規則可言的刀痕，雖然都是傷不致死的毀屍手段，但也看得出下手的人恨透桃花了。

「這就是彼個桃花。」田邊無奈地用台語回道：「署裡希望盡快破案。你懂我意思吧？」

「我知影，但是這。」看見屍體被支解的恐懼感反而讓憤怒給遮蓋住了，我一把捏起桃花綿軟的手臂，用食指沾了沾地上未乾的血跡。初估死亡時間，應該是三或四個小時前斷的氣。也就是早上十點左右。

我蹲在地上，一邊寫，一邊翻看桃花的屍體，寫到一半，田邊瞄了一眼我的筆記本，點了點頭。接獲報案的交番警察，他們第一時間趕到現場，最後匯報給田邊的資訊，桃花的確是早上十點左右遇害的。交番所的同仁說，十二月的冷天裡，桃花被發現的時候，全身都已經失去溫度了。

「是誰發現的？」

「是這附近的乞丐。」

我翻回素春給的線索，雖說全府城處處都有乞丐，但這麼湊巧，讓桃花生前死後都遇上乞丐，非常不可思議。

田邊當然也看出我的質疑。應該說，任誰都應該感到疑問才對。

「我已經派人去找出昨天晚上那個白衣服的酒客了。不知道他跟今天早上的乞丐還有發現桃花的乞丐有什麼關係。」

「嗯。這荒郊野外，有可能還會有其他目擊者嗎？」

「照理講是沒有。不過，王董買了她的朝花，是最後一個跟她見面的人。」

「我有聽素春講，伊是共王董約佇一間號作辰巳的貸座敷見面。那你有去找過王董了否？」

辰巳就在壽町附近，去完辰巳，能有什麼理由跑來虎尾林？一個多小時的腳程，穿著和服履物的嬌小桃花，辦得到嗎？又為什麼要這麼做呢？

「有，但是，王董那邊根本查不出什麼。我還有問過辰巳櫃檯的番頭，王董他們入房的時間是八點，桃花九點左右先離開，王董大概快十一點才走的。」

一般很多貸座敷都是專門質貸給嫖客用的小房間小包廂，通常都是較為低階級的妓女討生活的地方；可是像辰巳這種等級的貸座敷，資費大概在五圓上下，因為隱密性很高，所以都是高檔妓女與富豪達官出入的場所。要請動桃花這種只陪吃喝聊天的藝妓去貸座敷玩耍，沒有十圓以上，是不可能的；就算存夠了十圓，不去好一點的貸座敷，也是免講。我偶爾會去便宜的貸座敷玩玩，但都是玩散氣的，買了畫花卻連睡覺洗澡都沒有，隨便就完事。後來我寧可跟她們聊天，聊久了多少也知道妓女戶不但有階級，而且階級問題還很嚴重。

「嗯，所以桃花一個人，走了差不多一點鐘的路程，來到這裡，然後被人殺害？你冇感覺有淡薄仔奇怪嗎？」

「我們也思考過，有可能是半路就遇害了。」

「嗯。但是看這個現場，嗯。王董跟桃花有什麼冤仇嗎？」

「應該是沒有，但根據素春的說法，王董是桃花眾多旦那候選人之一。」

我歪著頭，想想，或許桃花已經屬意他人，王董或可能買凶殺人？從辰巳到這個荒郊野地，沒有一小時以上的路程也是到不了的。我先假設，王董跟桃花足足玩了一個小時，接著，桃花自行走到這裡或是被綁架到這裡，然後被兇手殺害。照我平常拉推車的經驗來算，應該是有可能的。

難道兇手是桃花最後一個見到的人，王董嗎？素春跟盧舍說的那個，極為疼愛桃花的男人？

我也只是想想，但可能我的眼神露出了一點端倪，田邊搖搖頭，替王董澄清了這個可能。

「王董自己親口說過，他不會去爭著要當桃花的旦那。因為他已經有一妻一妾了，桃花跟著他，不會有幸福的。」

「動機不存在啊！嗯，那他留在辰巳是為了？」

「他十一點約了早稻田先生。辰巳的番頭說，桃花離開後，王董曾經撥電話給早稻田診所，王董約了早稻田先生到貸座敷看病。」

「彼個看泌尿科的早稻田？」

「是。而且，就是在辰巳見面。」

「約泌尿科的先生到貸座敷看診？好額人想的果然共阮不同款。」早稻田診所是新町一帶很知名的泌尿大夫兼營婦科的診所，花街女子或風流嫖客的診察工作，幾乎都是所長早稻田在操刀。也因為患者隱私的關係，像早稻田經常這樣出張看診的例子並不算少，但是在貸座敷裡看診，我還是頭一次聽到。

根據早稻田跟辰巳櫃台番頭的證言，以及各種證明，王董應該是會被排除在兇嫌名單之外。除非，王董是利用買兇的方式殺害桃花。但王董似乎也沒有必須殺害桃花的理由。

田邊把他的檢證報告也給我看了一下。脖子有無勒痕、口中有無泥沙、上半身尤其胸膛位置有無刀痕查起。以上諸點都不見跡，田邊推斷，死因應該就是腹部先中刀，倒地後，被兇手沿著腹部的刀痕剖成兩段。這點跟我的看法差不多。上下半身被剖斷的痕跡，十分乾淨俐落，應該是用了很鋒利的刀子完成的。

刺殺腹部的兇刀，應該和在桃花臉上胡亂揮劃的是同一把，因為在桃花的肚臍左右，有幾個三公分大小的傷口，深淺雖然不一，但刀刀都是往桃花的腹腔內猛戳猛刺。而桃花臉上的刀痕都不足十公分長，窄痕居多，大概是輕薄尖銳的小刀才能造成這樣的傷口。

地上滿是未乾的血跡，這荒山野地應該就是第一而且唯一的現場了。

田邊補充說明：「可惜，這兇刀沒有留在現場。」

看完桃花的屍體，而且也確定我把筆記都抄寫完善後，田邊才將白布蓋上。

「除了找出兇刀之外，可能還需要解剖。」我說：「有可能被下藥，昏迷後綁架到這裡殺害。」

「我曉得，這個我已經安排好了。城裡的檢驗所已經幫我們準備好冰櫃，只要把桃花運進去就可以開始檢驗了。」

我跟田邊說，這現場的資訊應該都蒐集得差不多了，田邊吩咐下去，那幾位原先正忙著在四周勘查的警察們，開始七手八腳地將屍體抬到擔架上，要送往城裡的檢驗所。他們費力地把桃花的上下半身兜合在一起，就怕這種殘虐的兇殺手法會引起城裡的騷亂。粗麻繩將桃花緊緊綁在擔架上，還用三層白布蓋住血跡。待桃花安置停當，他們從車裡拿出鏟子，翻土、攪拌、掩埋，終於把桃花最後倒臥的那片血紅方寸，整理得像是有獸蹤的地穴一樣。

鬆動的土壤和不規則的氣孔，以及被剷除的植被，儘管摻雜了血跡，在這遠離都市的淒荒山地，發生石虎水鹿的激戰，或是山豬和野狗的搏鬥，應該都不足為怪。

確認現場已經處理妥善，我看了看筆記的內容，該問的都問了。現在首要任務就是找出昨晚的白西裝酒客。

「上車吧，我們先回去。」

「好。」

上了田邊的車，素春坐在副駕駛座，一臉無神地看著窗外陌生的景致。這一段路不要說是天天鎮守在山水閣的素春，就連走江湖的我都很少會來。田邊一路回城裡駛去，一邊還在推演著回城後的行動。

「這樣吧，我們也不要浪費時間了，我先帶素春回去署裡，你到安平去，幫我們請律師出面，順便跟他說明一下情況；等會合之後，再做打算。」

「也好，那我們分頭進行。」

田邊在壽町放我下車，他載著素春往警署所在的幸町。告別了田邊，我一口氣都沒喘，趕緊跑去松本寺。懷裡不時緊緊地按著整理好的筆記，等著讓清藏律師好好分析一下。

到松本寺的時候，看本堂開著，裡面香煙正盛，裊裊清香從本堂散到中庭來，便趕著先喊了一聲松本寺的住持。

「清藏律師！」

沒有回應，但這間寺院也只有他一個修行者，所以我就逕自往裡走。

中庭一尊與人等高的鑒真和尚銅像立在當前，秋風習習不絕，彷彿他正要登船東渡時的模樣，那栩栩的衣襬似乎也染著香雲朵朵而翻飛。我向著和尚一頂禮，快步走到本堂後方的方丈室，方丈室的門也敞著，清藏律師果真坐在方丈室外的緣廊上，乘涼，支著頤，兼想事情。他手裡抓著一把土黃色的粗草紙，好像在算著張數，捏著長長短短紙緣，數了又放，放了又數。

「律師，田邊要我……」話還沒說完，律師一見到我，就好有興致地趕緊喚我上去。

「快，你快來聽看看，這可是大事件。」

雖然被律師搶了白，有點不服氣。但我還是先把桃花的事情按下。用腳跟將軟布鞋蹭了下來，隨意踢落在砂礫地上，我只得隨著律師走進室內。他收拾了散落草蓆的戒本經書，還有那冊他正努力攥寫的佛教戒律研究，經卷帖冊全都收到酸枝木書架。清藏律師專研佛教戒律，如今已逾二十個年頭，卻沒有收到半個徒眾，前些日子，他說他正在替律典作注疏，希望將來可以留世。

我卻笑他，才剛滿六十歲的人，是在怕什麼死？尤其是他，完全還保有著壯年體力與神經反應的律師，談死亡還太早些。他只笑笑，說無常比明天先到。

清藏律師三兩下就將方丈室清出了一個可以喫茶談話的空間，但是他手裡的粗草紙卻都沒肯放下來過，就這麼捏在手裡做事情。捏得都變了形。

「你手頭拿的是什麼？」我好奇地問。

「就是這個，我要說的大事件，就是這個。」清藏律師將手掌一攤開，掌心裡頭那團粗草紙的正中央貼了一片銀箔，是紙錢，而且是冥用的。知道清藏方才琢磨的東西居然是紙錢，我不免心頭顫了一下。

「啊！這不是小銀嗎！」小銀是專燒給好兄弟與亡魂用的紙錢。讓我倒抽一口涼氣的並非因為清藏律師玩壞了鬼靈的陰間貨幣，而是我下意識地以為他已經知道桃花的事情了。

「怎麼了？你的臉色怎麼這麼難看？對了，你今天來，是有什麼事件嗎？」

「是這樣的。」

我也省下了解釋的時間，直接把筆記本拿給律師看。我自信做得非常詳盡，所以他也沒多問我什麼，只見他吟哦了半天，左翻翻右翻翻，手指頭不時在我的筆跡上爬梳著線索。這次似乎沒那麼容易抓到頭緒，他看得有點久。

「嗯。」

「很困難，對否？」

「是有點費解，不過，我在猜想，也許桃花的恩客裡面，不盡然都是像王董或盧舍這些善類。」

「是不是欲去看山水閣的數簿？」

「有必要的話。」一邊說著桃花的案情，但律師還在把玩那一疊銀紙。這倒引起了我的好奇心。

「那疊銀紙，又是什麼大事情呢？」

「嗯，這幾天，聽說壽町鬧了女鬼。」

「壽町？」辰巳也是在壽町，而且我剛從壽町過來，所以當我聽到壽町的時候，比聽到鬧女鬼還要驚訝。

「嗯。很偶然的，都跟壽町有關。」律師說，那些撞到鬼的商家信誓旦旦，都出示他們收到的紙錢。那是同一款小銀紙錢，出自「林家本舖」的紙錢。

雖然都是紙錢，但清藏律師手裡的小銀和其他小銀是有差別的。主要可以從側邊壓印花紋和銀箔大小來區分。

這幾天我有進一支「廣興號」香紙鋪所出產的小銀，他們的紙錢會在側邊蓋上紅色的油印子，工整印著廣興二字；而律師拿的小銀，紙錢中央的銀箔比別家的還要大片，在紙錢側邊只隨便點了紅點為記。這才是「林家本舖」出品的小銀。

一般來說，廣興號的比較好買，存量出量都比較大；林家本舖的紙質好，但都是小批小批地生產，專賣給有錢的善信，就算是紙錢生意最旺的正月初一和七月半，路上也不一定能見得到林家本舖的紙錢。

「你也有賣這個吧？」

「有啊，抑不過不是這間的。也不是賣這個的時節，還差個外月吧。我是有進幾支，都收在車底的櫥子內底了。」大小銀之類，包括巾衣、庫銀、元寶金條等等，都是七月半最熱銷的商品，七月一過，還會來買銀紙冥錢的，若不是家中死了人，便是中邪法、卡陰魂，要用來酬祭散災的。我曾經在七月炎天裡，一車超載拉滿了銀紙，才拉車走上一町的距離，車上全空，車底全滿；去得時候健步輕盈，回家的時候拖泥帶水，車底櫃都是一錢五錢的銅板。至於年初一，會有少部分的人買少量的冥錢來祭祖，年初一到十五，主要還是金紙好賣一些。人用現金換冥錢，迷信得很，我做這買賣賺得愈多，對那些靈鬼之說就信得愈少。

「嗯，也就是因為這樣，才會說這事件不得了。那些商人明明從女客人手裡拿了青仔欉，結果隔天就變成冥紙！後來大家就說，那不是女客人，是女鬼。」

清藏律師說，幾個被女鬼找上的人，很巧的都是作生意的商家，這種異常的巧合，觸動了他查案的神經，尤其他們指證歷歷，形容的鬼怪也都是差不多的習性，更讓他覺得有串謀的嫌疑。可是破除了律師推論的是，這些收過紙錢的商家，過沒幾天卻發了高燒、拉了肚子，擠進一間間大小廟宇求收驚；更甚者，附近的醫生館也掛上了這些商家們的病號。

「你看。」律師特定向這些商家要了醫生開立的處方，當作查案的證據：「聽說卡陰的人有這些症狀。拉肚子、發高燒、畏寒。他們吃藥也不見效，不得已，才講好一起來找我幫忙。說是找出冤死的女鬼，作一場法事超渡她，或許他們的病就會好。」

盡心奉了總督命令，必須宣導科學文明，打擊迷信的警察署也不得不發表聲明，要求同仁即刻破案，並且不得再宣揚鬼怪靈異的任何相關訊息。

「難怪田邊找我的時候這麼緊張，原來城裡還有這些風波。」除了對神佛還存有敬畏之意，關於鬼怪山精，我是那種鐵齒的人。人死為鬼，但不必然會出來作祟。我就不想死了之後還操心勞力做那些嚇人的苦差。但我這幾日都沒聽說有這起銀紙事件：「對了，講著田邊，他講有派人來找你，抑不過你冇佇？」

「喔，我昨天去壽町找女鬼啊。不過沒找到，等了一晚也沒等到，今天早上十點多我才回來。」

「你是怎樣等？」

還抱有一點遲疑的清藏律師說，他守在傳說撞鬼的某條路上，等待夜的到來；就算來的是真鬼，也希望能再看清楚，到底是怎麼樣的冤魂，需要大費周章將冥紙變成青仔欉，挨家挨戶地討買民生必需用品。

「我一邊等，就一邊想。這查某鬼有法力變錢來使用，卻沒法度變出吃穿的物件，真是怪奇！莫非，鬼怪吃穿的物件，一定要向陽間來買？」律師說，他覺得這件事情不像是鬧鬼，但眾口鑠金，他還是帶了念珠與法本，到現場去等鬼。等了一宿，什麼也沒遇見。只是路人們避著警察的限制，悄聲地談些關於鬼怪的事件，從一些人口中打聽到事件發端於賣肉粽的肉粽文仔，算是唯一的收獲。

「第一個收到這種銀紙的，是在壽町賣燒肉粽的肉粽文仔，據他所說，大概是十一天前的晚上，他騎著賣肉粽用的三輪車，在壽町做了最後一攤生意，正要回家的時候，就被一個全身白衫白裙，抱著嬰兒，披了一頭黑長髮的矮小女人攔住，拿了一張青仔欉，說什麼都要跟他買一顆肉粽。」清藏律師抓了另一支還用草索綁著的小銀，三把兩把將它拆開，熟練地折凹成扇子般的弧度，邊搧邊說：「肉粽文仔當然想做生意，但是青仔欉耶，他哪裡找得開呢？結果那女鬼說不用找了。肉粽文仔開心得不得了，趕緊收下錢，還多送了兩顆肉粽給她。誰知道，隔天醒來，那張青仔欉就變成一疊銀紙。不管怎麼看，就是林家本舖的銀紙。用這種手法來騙錢的盜匪，應該練有一些手品或是西洋魔術的技巧。」

「你不是說是女鬼嗎？」

「你信？」

「我不信。」

「就是！」清藏律師抖了一下他身上的袈裟，敞開了笑聲說道：「哈，昨天晚上，我就按照肉粽文仔講的，到那個穿白衫的女子跟他買肉粽的地方埋伏。」

「結果？」

「哈，結果就是一無所獲啊！聽說昨天是唯一一次沒有鬧鬼的，不然連著鬧了十天，每天都只有做生意的店家見到這女鬼，好像女鬼越過了其他老百姓，憑空出現在店家門口一樣。他們描述的女鬼都是差不多的樣子，第一是長髮白衣，看起來很瘦弱的樣子；第二是抱著嬰兒，但是嬰兒不哭不鬧，裹在一團布巾裡面；第三，女鬼的聲音低沉，又很寡言，每次結帳都是拿出一張青仔欉。」

「你沒等到，甘未是伊知道你佇等伊？」

律師掇好了身上的袈裟，想起自己的職業立場：「我是想說，如果真的是鬼道眾生留戀著塵世，那她一定會在同一個地方反覆出現。看來是我太天真了。」

「律師是說地縛吧。彼種物件真正有影否？若真正有影，那我也來去等伊一晚，若否者，二晚、三晚都會使啊！也許伊真正是驚看到律師你吧！」我倒是什麼都不怕，也沒有需要顧忌的立場身分。我甚至想，或許也可以去虎尾林等等看，桃花會不會自己出來訴說她的冤情。

「地縛靈啊，你要說有也有，但也沒有。」律師知道我怕他會職業病地牽扯到長篇的佛理，於是便簡單地說明帶過了：「杯弓蛇影你聽過吧？因為放了類似的東西在那裡，心中就認為是那個東西。還有十年怕草繩也是一樣的心理因素。如果你相信有鬼，那與鬼相像，但其實只是你自己的意念，就會把鬼的形體展現出來。我甚至懷疑啊，那些見鬼後就身體不適的症狀，應該都是心理作用。」

「那如果有呢？如果真正有鬼又是什麼情形？」

「你不信，講也是白講。」清藏律師只一言以蔽之：「一切法從心想生。」

為了避免場面難堪，我一直都不與律師高談佛理，我是怎麼樣也說不過他的。單就這紙錢事件來說，往盜匪詐欺來想，應該是比較合理的。只是手法很巧妙，運用了鬼怪的傳說，有嚇阻那些受害的人們主動追查真相的效果。

「那是真正有鬼，你覺得桃花甘會出來，向阮講明伊的冤情呢？」

「會的。」清藏律師終於放下了手中的銀紙，堅定地看著我說道：「如果真的有鬼，桃花會讓我們找到兇手的。走吧，我這就跟你一起出發，一起把這兩件事情的來龍去脈弄清楚！」

「好！抑不過，阮欲先去叨位呢？」

「第一站，先去警察署找田邊。」畢竟這兩樁案子，已經在警察署存了案底。

三、林投樹下的李昭娘

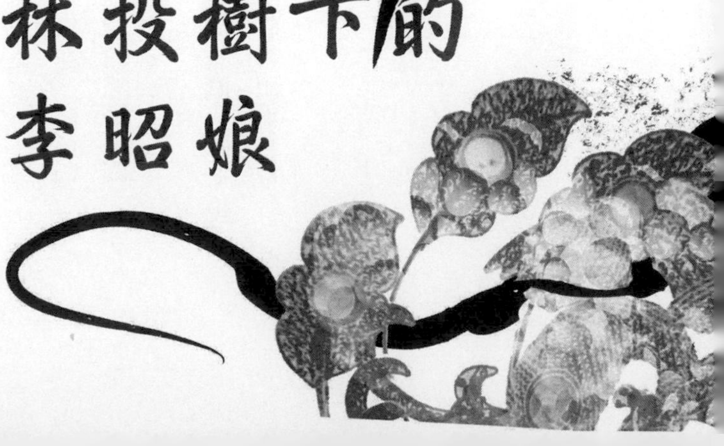

很久沒來到熱鬧的幸町。

快接近警察署下班的傍晚時分，街上湧動著一股說不出來的焦躁感。我不知道這種焦躁是從何而來，似乎，是來自人們臉上那不言而喻的驚惶。

「警察署怎麼這麼熱鬧？」律師遙遙望向警察署外的人群，他也感受到今日的幸町有一股不尋常的氣氛。

署外可以看到很多扛著照相機的記者，他們好像在守候著什麼。那種穿著短袖襯衫，襯衫口袋塞了筆記本和筆的男人，他們戴著一頂頂各色各樣的軟帽，嘴裡叼著菸，各自站開盤據警署四周的亭仔腳、四馬路街頭。

我跟律師都注意到了，我猜想是為了桃花的事情而來，而律師以為是跟銀紙事件有關。我們逕自往警署大門走去，清藏律師的出現，引起了在場所有記者的目光，他們當然認得出清藏律師，立刻就跑上前來要採訪他。

「律師！」

「是清藏律師！」

「律師，請問你可以說明一下，現在案情發展到什麼地步了嗎？」

「這次一樣跟秀仁聯手，你有信心幾天可以破案呢？」

「知道兇手可能是誰了嗎？是誰會這麼殘忍殺害女孩子呢？」

本來還在想要怎麼敷衍他們，但聽到最後一個問題，律師一臉征然，渾不覺要怎麼開口。當然不是被記者發問的態勢喝倒，而是他關心的銀紙事件，就這樣被我帶來的桃花案給掩蓋過去了。也是啦，誰會在乎一個化作女鬼的人，在庄頭詐騙肉粽這種雞毛蒜皮的鄉野怪談呢！況且，警署也下令要記者們自肅，不能隨便亂談講這些怪力亂神的事情，記者展現出對桃花案的興趣，也是可想而知的。

「先讓我進去吧，我什麼事情都還不知道。我也是剛被找來的。」

記者聽律師這麼答辯，也只得放他進去警署了。

「快快請進吧！」守門的員警知道被記者纏上就會沒完沒了，趕緊打開大門放我跟律師進去。而署內則是瀰漫著異樣的低氣壓，每個人像都在防著什麼一樣，就連櫃檯的人看見熟臉熟面的我跟清藏，都低著頭不敢隨便搭話。平常這個時候早就有人端茶水上來，不看在我的面子，也會看在昔日學長，清藏律師的大駕光臨，招待我們兩個蒲團才是的。

「請問一下，田邊大人在嗎？」律師恭敬有禮地問了坐在櫃檯的年輕員警。

「他在樓上，跟主任在談話。我幫你去請他下來，你們稍坐一下。」那員警還是低著頭，趕緊小跑步上樓去。等待的時間，我環顧著警署裡的每一張桌子、每一個正埋首在卷宗裡的人。各種焦躁與慌張，還有被記者們逼出來的恐懼，幾乎都寫在他們的臉上。桃花是今天中午被發現的，我看了一下警署牆上的時鐘，也才三點剛過。完全不懂警察署這上上下下的怪異氣氛，究竟是怎麼回事。

「這裡沒你的事了，先回去櫃台吧。」聽見田邊的聲音，我和律師抬頭，與他對眼，互相打了招呼。他邊走下樓的時候，正在跟那名年輕員警邊說著話。

年輕員警走在前頭，田邊慢慢踱步下樓來。

「你們來啦，唉，我知道你們想問什麼。就是那個桃花啊，她送去檢驗所的路上被人發現了。」田邊知道，我跟律師都被這群記者的大陣仗給唬住了。

而我接住了田邊的話尾，趕緊上前去問他：「是怎樣發現？你們不是都捆得緊緊？」

「聽說是搬運的途中，不知是腳跑出來還是怎樣，反正有人把警察們抬了一具屍體進了檢驗所的事情告訴記者，現在上面要我們壓著消息，記者則是想辦法要進去檢驗所偷拍桃花的死相。」田邊按著他鑠痛的鬢邊說道：「千交代萬交代，連要送去檢驗都給我出狀況。」

律師在一旁冷靜地聽著我們的對話，摸了摸他光光的腦門後，說道：「有人看見桃花的臉，或是確認那就是桃花嗎？」

「沒有。臉的部分都蓋得很好。但是城裡的人都說什麼出人命了，說什麼整隻腳都是血。還有，他們還在猜，說看起來像是死了一個小孩的樣子。」

想來是桃花的身高太特殊，才會招來這麼多不必要的關注。如果告訴他們死的是青樓女子，現場大概只會剩下一半的記者而已。畢竟可憐無辜的小孩被殘忍地虐殺了，這樣轟動全府城的事情，一定要報上個數十天，聳弄一定抓出犯人的假正義感，賺取新聞紙的銷量；但如果是青樓女子，那大概就是很尋常的情財仇殺，就算要報導，也是簡單幾句話雲淡風輕吧。

「除了桃花，最近還有什麼重大的命案嗎？」

「一個桃花就夠了！拜託。」無奈的田邊，還是仔細回想了這一整年的案件，大大小小，可能都抵不過桃花這樁：「都是一些無關緊要的案件，像桃花這麼嚴重的命案，應該是今年唯一一樁。」

清藏律師聽完，緩緩閉起雙眼，深吸了一口氣。他也沉思了幾秒，然後，就替田邊想了個聽上去還不錯，但在我看來依舊有點小瑕疵的辦法。

他要田邊去放送關於銀紙的事件。

「你請長官對外說明，就說銀紙事件已經有了眉目。」清藏律師說完，又補充幾句，要田邊去請乞丐的頭頭到署裡來說明：「你就說，乞丐寮的乞丐跟連日來的銀紙事件有關係。」

田邊頓了一下，恍然大悟，他當然也聽說了，出沒在壽町的女鬼身高也不太高：「女鬼跟矮小的屍體，可以讓他們去做聯想。然後，讓記者去追那個根本不存在的女鬼！」

「嗯，剛好他們的目標一直都不在那裡，就算警署不准大家談論，他們也都以為只是地方的冗談吧。」清藏律師摸了摸他的腦袋瓜說：「我們就把這銀紙事件弄得更嚴重一點，讓他們暫時不要去追查桃花的案情。啊，順便，順便去請肉粽文仔的到局裡來，這樣比較逼真。」

「嗯！我先去樓上向主任報告一下。」

田邊興奮地就要轉身上樓了，我趕緊叫住他，把律師想出來的這個辦法的嚴重瑕疵給點破了。

「等等。」我靈光一閃，這樣的安排未免也太過驚險：「乞食不可能是兇手吧！桃花身上的貴重品，一樣也沒缺失吧？」

我思量的是，那些乞丐有的窮了一輩子，看到西陣織的腰帶和紅寶石居然不心動，難道是當成孝衣破石頭？全府城，有多少人穿得起那樣的衣服？

「我知道你顧慮的，但是如果不這麼做，永遠不知道害死桃花的人究竟是誰。」清藏律師說：「也許桃花不是乞丐們殺的，但至少也跟乞丐有關。再者，我不認為這些記者知道桃花的打扮，他們一定是以為死了一個小孩，所以才會這麼群情激憤。你也見識過死了一個藝妲的景象，哪裡有這些記者陣仗！我在猜想，真正的兇手說不定也會因為我們的假動作，不小心就露出馬腳。」

誠如律師所說，那年，客家名妓跳運河自殺的案件，只引來了三家報社的記者，最後也只有兩家讓這件事情見報。因為自運河開通以後，真是前仆後繼的，跳死了百來個人；起先一兩個還能驚動府城，後來就稀鬆平常，「大概新町就是這樣的地方吧」，在府城流傳著老百姓們認為，新町的藝妓都過著不快樂、想自殺想瘋了的生活。

到很後來，名妓跳運河的案件有了一百八十度的翻轉，討論才漸漸熱烈起來。不過，那也是拜清藏律師之賜，是他把名妓跳運河的前因後果爬梳清楚的。

清藏律師認為，昨晚白西裝富少來找桃花的偶發交易，非常有可能就是造成今日桃花慘死的原因。或許有人在背後策畫，目的就是讓桃花徹底活不下去。桃花被裹在白布裡，只是露出了腿，就算露出衣角，也不可能有人可以從那一點點衣角看出什麼端倪來。除非素春或發現桃花的乞丐講出去，否則不可能會有人知道白布底下的屍體，是貧是富。

素春就不用說了，她巴不得所有人都忘記桃花這一號人物，還編好了一個桃花被內地富翁買回去的謊話。讓大家知道桃花的死訊，對山水閣來說，雖然可以造成一時的話題，但那終究不是素春希望看到的。素春是真心的疼惜桃花，我可以從她看見桃花時的激動，分辨得出來。

至於那些乞丐，田邊說，他們去派出所報案的時候，就已經簽了切結狀，連乞丐寮裡的同伴都不能說。他們當然也不可能去說，因為根據桃花被發現的位置，用木條釘成牆壁、用竹子搭出頂蓋的乞丐寮，是距離桃花最近的建築物；他們當然怕被當成是兇手，所以也萬萬不可能向記者吐露任何資訊的。

也就是說，桃花的死，目前還是封鎖中的消息。

「放心吧，這個方法萬無一失。」律師說：「你只是知道得比那些記者多，所以你才會擔心有疏漏。就跟兇手往往也會因為這樣而不小心說溜嘴一樣！」

我深吸一口氣，原來這就是當兇手的感覺啊！

田邊請我們稍坐，他自己一個人回到樓上去請示主任的意思。警察署的桐生主任，是田邊的直屬長官，田邊所有對外行動，基本上都需要桐生主任的簽核才可以進行。

印象中，我見過幾次桐生主任，好像是內地來的一位孤女尋母，還是一位台籍母親要去內地找她失散的女兒，最後就是請桐生主任協助的。

嗯，好像還有一場婚禮的樣子。是誰的婚禮，詳細情節，我有點忘了，但差不多就是一些交際酬答的場合吧。記得他有一頭白得很時髦的頭髮，正確來說是銀灰色的。他的肩膀很寬，全身上下一點贅肉也沒有，那種操練的體格，讓他的眼神充滿動力，不像是頭髮已經花白的年紀。印象中是個堪作警署表率的人物。

大概不過三分多鐘吧，田邊滿臉信心地走下來，手裡有兩份公文。

「主任說，現在就去把乞丐寮的頭頭跟肉粽文仔一起請到局裡來。我去乞丐寮，那肉粽文仔……」

「肉粽文仔就我跟秀仁去請好了。」

「多謝，那我們分頭進行，如果被記者發現了，就看看他們想怎麼追。對了，等一下桐生主任會親自對這些記者發表說明，我們就一起從後門出去。」

「嗯。」

警察署的桐生主任走下樓來，對田邊和清藏律師的協助點頭示意，並指示田邊趕緊帶著我們到後門去準備。

看見桐生主任，就又想起來一點點。作為婚禮貴賓致詞的時候，自我介紹說了他的年紀；記得是比清藏小一點的樣子。是他那一頭年紀不相符的銀髮，讓我注意到他。是誰的婚禮啊？為何我會跟警署的主任一同出席呢？這腦袋！

清藏律師看起來還是更年輕一些。大概兩個人的生活壓力和煩惱的程度都是不太一樣的。有人說，念佛打禪的人會比同齡人看起來年輕個五到十歲，用清藏來跟桐生比較，這個說法似乎是可信的。

對，他還是像當年見過的那樣，神采奕奕，即使署內面臨這麼多麻煩事，他卻保有著相當的自信。來不及跟我們多寒暄，只見我們準備好了，就果斷地打開警署大門，在門前招集了各報社蜂擁而上的記者。

臨去一瞥，是桐生主任準備發表聲明的背影。

扛下了即將面對社會大眾責任的桐生主任，他連講稿都沒準備，就這麼簡單地發表了以下的官方說法：「嗯，有關檢驗所不明屍體的案件，我們目前懷疑，這跟前陣子的銀紙事件有關。應該是有人裝神弄鬼，利用人們對鬼魂的恐懼，在掩蓋兇殺案。根據發現屍體的地點來看，地緣關係最靠近的是一個乞丐寮，那個乞丐寮的頭領是一位叫做林得的中年男子，我們認為，有必要嚴加調查乞丐寮跟林得，稍後就會去請他來署裡說明。」

當晚就被各家的新聞報紙爭相刊登，成功地掩蓋了我跟清藏律師的行動。

走出警察署，我跟清藏律師往肉粽文仔的家裡走。為了等一下向肉粽文仔問話比較方便，我們邊走邊聊著清藏律師探查回來的銀紙事件之梗概。

「收到銀紙的商家，差不多是在晚上十點過後，都要準備收攤或者根本已經把門都關上了，才聽見要來討買東西的敲門聲。」清藏律師從他懷裡拿了一張他手繪的地圖，上面標出了遇見白衣女子的店家，大概地估算出白衣女子出沒的位置和距離，不出壽町一帶。

肉粽文仔是第一個遇見白衣女子，也是第一位賣東西給白衣女子的人，從他開始四處放送這起怪事之後，許多商家也接二連三地撞鬼。

撞鬼的程序都是差不多的：女鬼敲門，買東西的時候給青仔欉，女鬼拿走商品，隔天青仔欉變成林家本舖的銀紙，店家老闆生病。

當時他們抓著清藏律師七嘴八舌不放的時候，還頻頻要催律師出來主持法會。律師的冥紙也是那時候拿到的。

「你甘有答應？」我很好奇，一個不相信是女鬼作祟的和尚，是否會答應商家的委託，挺身出面超渡亡魂。

「我有答應，但是我也有開出我的條件。」

「啥物條件？」

「至少要讓我破案吧！就算真的是要超渡女鬼，也得要知道女鬼的姓名與身分，還有這女鬼是怎麼死，不是嗎？」

「講也有理！那有人知影這查某鬼在生之前的身分否？」

「沒有，但你知道這些店家，隱約地有某種關聯嗎？」

「關聯？不是就民生必需品嘛！跟我在賣的物件應該是差不多啦。」

「你看這張，這是我整理出來清單。」

我接過清單，上頭寫著每一間撞鬼的商家所販售出去的商品，看著看著，我就有了疑問：

「毋對啊，既然大家都知影是穿白衫、長頭鬃、抱嬰仔的查某鬼，出沒的時間也同款，為何還要開門來做伊的生意呢？」

「我有想過這個問題，但我想那些商家應該也解釋不出來，有的人是說，聽到她的哭聲，很不忍心，自然就開門了。」清藏律師搖搖頭說道：「畢竟是老實的生意人，心腸比較軟吧。有一間賣米麩的，想到那個女鬼的孩子沒飯吃、而且她看起來太瘦弱，一襲白衣像包著空氣似的，全身已經擠不出奶水的樣子。米麩的老闆居然就用送的，送了一包米麩給她。」

律師轉述了米麩店老闆的說法，老闆說，當他把米麩交到那名女子手上的時候，一個瞬間，他有想過這是不是一場詐騙。因為鬼魂怎麼可能拿得起肉粽或米麩，更別說抱個嬰兒，而那孩子還不啼不哭呢！可是回過頭來想，有沒有可能，這名女子實在有不得已的理由，必須出來扮鬼嚇人呢？米麩店的老闆站在梯子上，從貨架上拿下一包米麩，那是今天新到貨的米麩，老闆希望孩子可以吃點新鮮的東西。他拿著米麩，回過頭看了一眼那名女子，雖說她抱著小孩，但米麩店老闆仔細回想，他還真的沒見到那個孩子的面貌。或許只是抱著一團布，故作樣態地拍拍布團的底部，不時地搖一搖，在那裡博取同情吧！算了，米麩店老闆想想算了，走下梯子來，彎下腰，把半斤裝的米麩，小心翼翼地拿給了那名女子。女子接過米麩的同時，也掏出了青仔欉，老闆不肯收，但她硬是把錢塞到老闆手裡。老闆說，她離開的時候，還頻頻點頭致謝，那身形卑微得不能再小了。

從未聽過一個人的哭聲可以這麼哀怨，若不是鬼，也是極可憐的人。

「這頭家的方向真正確。」我說。不管怎樣，鬼怪之說應該不可取。鬼怪要買這些陽間的東西做什麼呢？明明有燒巾衣給祂們了啊。

清藏律師點點頭，像是肯認了我的觀點。他要我把清單上的物品再看仔細一點：「你看，這十天賣出去的東西，你看到什麼？」

我拿著清單仔細數著，從十天前開始，每個晚上，這名女子都會來町內買東西，而且每次都只買一樣，唯有第七夜一次買了五寸釘和鐵鍊兩樣。她所買的物品依序是肉粽、尿布、米麩、小梳子、風呂敷、白米四兩、五寸釘、鐵鍊、素絹、棉布、木屐。整理出來的受害商家，也是集中在壽町一帶：

肉粽文仔。肉粽一顆。

藤字布莊。純白尿布巾一條。

秀泰米糧行。米麩半斤。

與治木工藝品。刻花黃楊木梳一把。

京都織布所。唐草柄樣風呂敷一條。

阿源穀米店。白米四兩。

五木材料所。五寸釘一根、五呎長鐵鍊一條。

十文字絹品。素絹一條。

林布團屋。棉布一才。

新匠木工店。紅花柄樣鼻緒木屐一雙。

「咦！」我看完的同時，不由得也喊出聲音來。

「你看懂了？」

「對。這已經是證據了吧！」

「是，但應該還要有更明確的目標或是對象，才能定案。」

「要若不，咱親自去探訪這幾間的頭家。」

「那是一定要的，不過還有一點，這名女子如果也是這裡的人，照理說應該也要有人認識她才對。」除了店家的關聯性，律師認為一個人是否有陌生感，也是這個詐術之所以成功的要件，並且對我說明了他的看法：「但照目前的狀況來看，大家對這名女子的出現感到陌生，好像是外地人跑來披頭散髮地扮鬼，犯下這樁連環詐騙。晚上十點，燈火黯淡，還有辦法認出這幾間店，而且敲對門，買到她想要的東西；假設這些東西是她需要的，那我就懷疑，她應該是在地人。」

物品清單裡的店家，有幾間是連招牌都沒有的，如果不是平常看過他們開張時的樣子，光靠著夜裡微弱的星光月光，憑店的門面規模來猜測，也是不可能猜得出店裡頭是否剛好就有她想買的東西。

除非她買的東西都是隨機亂選。但那又有點說不通。

「看起來很熟悉這附近的店頭，而且相像的物件還不佇同一間店買。」我統整出清單的邏輯：「藤字跟京都，還有十文字絹品、林布團屋，這四間店攏是在賣各種粗細布料，除了高貴的吳服或法師的袈裟之外，還有賣尿布與風呂敷、還有棉被；與治和新匠也都有賣梳子跟木屐，就連作工都是一樣的。」

更不要說送了一包米麩的秀泰米糧行跟賣給女鬼四兩白米的阿源穀米店，按照平常家庭採買的經驗，買米糧主食的話，一般都是跟同一間店交關，往往可以拿到比較好的價錢，或是多送一些斤兩。

「同一間店，她絕對不去第二次。」清藏律師摸了摸腦袋瓜，思考著這些商品之間的關係。憑著這清藏律師四處打聽來的諸多情節皆無法交代這名女子的購物邏輯，也許是新手媽媽需要什麼臨時買什麼；又像是隨機犯案走進什麼店家就亂買些什麼，反正目的是要騙取那些物品。

這些店家當中，比較鐵齒不信邪的木工新匠，他跟律師說，就算不是女鬼吧，東西被騙走了事小，這名矮小瘦弱的女子帶著嬰兒，半夜連續出沒騙取財物，背後一定有隱情。新匠不奢盼律師出來辦什麼超渡法會，他只希望能夠真正地幫助有需要的人。

說著說著，就已經重新回到連日來事件最繁瑣的壽町。清藏律師指著一棟紅磚屋，屋裡頭正傳出爽朗的歌聲，還有收拾鍋盆的聲音。

「那間就是肉粽文仔的家。」

正要準備包肉粽的樣子。濃郁的月桃葉香氣，從那棟磚屋散逸出來。

「有人佇冇？頭家？」我敲了敲肉粽文仔的家門。他都做晚餐和宵夜生意，一般這下午時節不是在睡覺，就是在備料。

「稍等一下喔！」屋裡應答的聲音，就是肉粽文仔沒錯。

門一開，肉粽文仔搓著他沾滿豬油的雙手，往腰間的圍裙一抹，壯碩的身材圈在有點窄小不成比例的圍裙裡，看起來顯得滑稽。而且那圍裙還是正紅色的。他笑臉盈盈地將門打開，應是早知來人是我。

「是律師，哇，你還帶秀仁兄一起來了，來，請進請進，歹勢我歸手油油的，沒法度泡茶招待你們。」

「沒要緊，咱不是為著喝茶來的。」

「喔，那是？啊，我知我知，是為著查某鬼對否！律師啊，你果然不簡單，彼查某鬼乎，昨暝一晚攏冇出現！一定是驚律師你的佛光啦！」

律師用他精純的台語，問起肉粽文仔一些上次沒問到的細節。

「你慢慢講，你是頭一個拄著的，你的消息應該尚正確。我想了一晚，有一寡想未清楚的地方，還欲來請教你。」

「好好好，來，先入來坐。」

跟著肉粽文仔走進門來，抬頭便見屋樑垂掛著一捆捆粽葉，有竹葉也有月桃葉，青青黃黃，清風來時便有餘香。坐在律師旁邊，我卻沒有很專心地聽肉粽文仔又多說了什麼。恍恍惚惚地看著粽葉，還聞到了一鍋水煮粽的香氣。但他的粽子明明就還沒開始包。

「你很確定是查某嗎？」清藏再三地要確認肉粽文仔看到的，是個女的。

「當然啊，伊講話的聲音都幼聲幼聲。還有那個身高，沒可能是查甫啦。」

「嗯，你有認出伊是町裡的哪個人嗎？亦是誰家的新婦？」

「這個嘛，是沒有，但是呢，我想，我若這樣講起來是真沒道德，所以當時都沒有向別人講。」肉粽文仔應該是看清藏律師確定出面要管這檔子事了，便放心地把他心裡的疙瘩說了出來：「那個查某抱著嬰仔向我買肉粽的時候，我是聽講啦，橋頭陳家的新婦也已經失蹤十外天了，而且伊失蹤的時陣，那個陳家的大漢孫也去予陳家的新婦抱走了。就是陳家愛面子，不敢報警察。大家看在眼裡，也不好去講人大戶的阿舍到底在想什麼。」

我聽到這裡，睜著大眼看著肉粽文仔，上下打量他那一身包粽子的煮夫模樣。我不知道他這樣一個粗刺刺，囉哩囉嗦到處放送自己的見鬼實錄，吆喝村民拿著那一疊其實只是難買並非絕版的冥紙就要當作證據的莽夫，居然可以在律師嚴密追查、警署緊急封鎖的雙重壓力之下，選擇隱藏祕密，還藏得臉不紅氣不喘。

「陳家？是陳文龍？這是怎麼一回事呢？」

我當然知道壽町的大戶陳家是誰，因為我有很多日用雜貨，其實就是從他那裡批來的。陳文龍一家住在壽町橋頭邊的四層洋樓，洋樓是在他生意做起來之後，把舊房子打掉重蓋起來的。陳家自古以來就定居在那裡，清朝還在的時候就有陳家了，陳家出了一個女兒，忠貞節烈，夫死不嫁，聽說還有一座專門祭祀那女兒的祠堂，現不知在府城何處。

發跡後的壽町陳家，專作內銷的生意，他們從唐山跟內地批貨進來，分送給像我這種零售業者。最大的生意甚至有作到林百貨裡面去的，最近有一種純白蕾絲的婦人陽傘，在林百貨賣得特別好，一把喊價要三圓，就是他們陳家從內地批進來的。

「你跟他們家作那麼久生意，覅講毋知影陳文龍伊老母是什物款郎！」肉粽文仔說起了當年陳文龍娶媳婦的事情：「伊老母就有嗆明了，哪是嫁入他們陳家，沒生一個金孫，尚好卡早做準備，包袱款款自己離離算了。」

「我知，彼句話還是佇酒桌頂頭講的。喔！」

喔！就是這場婚禮，我和桐生主任有打過招呼。陳文龍娶媳婦那天我也在場。以商業往來的身分入席。我並沒有跟陳文龍搭上什麼話，但聽了很多他母親的訓詞；這也難怪，一個單親家庭，又是獨子，是要謹慎一點。

我想起那天，看著坐在主桌的陳文龍，他像沒聽見母親對自己妻子的刁難一樣，跟那些有頭臉的地方人士喝得面紅耳赤。卻把妻子晾在一旁。他的妻子穿著一身白無垢，頭頂著文金高島田的髮髻，腳底穿著厚底加高的履鞋，才勉強跟陳文龍的母親一般高。我仔細地觀察了一下，是一個毫無氣焰的矮小女子，她在這整場婚宴裡，像個配角。鬱鬱的，甚至連飯都沒吃上幾口。

「陳文龍有請你去呷伊的喜酒啊？」肉粽文仔有點微詞的樣子：「那伊的家後怎麼不去找你，偏偏來找我！」

「去是去了，但我也是一個沒搭沒緊的啦，呷飯鬥鬧熱爾爾。」我安慰了一下心理不平衡的肉粽文仔：「你也不是毋知，陳家彼款派頭，尚冇也是像警署的人、地方官、抑是什麼阿舍什麼董仔，才有跟陳文龍講話的餘地啦。應該是託了律師的福，讓他們懼我三分，才請我去的啦！」

「老衲何足懼哉！哈！」

「律師你謙虛了，若是秀仁這樣講，我倒是相信。對否？」肉粽文仔不問不罷休，他就是希望得到一個答案，得到他沒有被這町內富戶遺忘的答案。

「對對對。」我當然也就附和他了，反正少不到一塊肉。

除了桐生主任之外，市役所的副所長也有來。那些排開來一個比一個好額的舍啊董啊，我雖然一個都不認識，想起來當時特別有幾個生意人，他們坐在主桌數過來的第五桌，等於是緊鄰著親戚的桌子；那幾個生意人會主動去找陳文龍攀談。而且陳文龍也不時地向他們敬酒。我一個也不認得，只知道跟桐生主任打招呼。陳家應該不是看重我這個小攤販，而願意請我，多少還是顧忌著我跟警察之間的往來吧。當然，這都是我的猜想，或許帖子發錯了本來真的要請清藏律師也不一定。

吃著平常幾乎吃不到的龍蝦跟蹄膀，有點虛幻的在富豪酒席上胡思亂想。

清藏律師聽著我們的閒聊，看是聽出了一些癥結，打岔說道：「不對啊，肉粽文仔，你講，彼個查某鬼伊帶著陳家的大漢孫離開陳家？所以她跟陳文龍有生子啊！為何還欲離開陳家呢？」

「當然不是因為沒生子被趕走啊，是陳文龍伊老母，聽人講這個娶來的新婦，佇外口討客兄，伊就逼陳文龍將這個新婦趕趕出去。陳文龍不肯，是伊老母趁陳文龍頂個月都佇內地講生意，伊老母就偷偷將這個新婦趕走。」

「甘講陳文龍不會怨妒伊老母？」我見識過那個陳家老太太，但是這種做法，就算真的是陳家媳婦有錯在先，陳文龍應該也是不會同意才對。

「你就毋知，陳文龍返來了後，伊老母就講這個新婦自己離家出走，講這個新婦對人走了，還共囝仔攏偷抱去。」肉粽文仔說得非常詳盡，彷彿他親耳聽到陳家老太太的冷言冷語一般。不過他有特別說明，整個壽町的人其實都在關注這場婆媳大戰：「冇郎敢跟陳文龍講實話啦，伊老母這欠咖。我看喔，就是這個新婦，看大家都不幫伊講情說項，心生怨念，才會變作厲鬼來庄頭嚇驚人。」

「變作厲鬼？伊死了？有人見著伊的屍體嗎？」清藏律師聽到這裡，不免再度質疑肉粽文仔反覆的說詞。根據陳家自己的說法，陳家媳婦是失蹤，不是被殺；況且銀紙事件交到警察手上偵辦的時候，也沒提到跟哪一起命案有關，都只說是鬧鬼。最近的重大案件還是桃花案，而銀紙事件發生在桃花死前。那為何所有壽町的人，特別是這些店家都一致認定陳家媳婦已經遇害了呢？

發現自己說錯話的肉粽文仔，先是停頓了一下。

我和律師看著他錯愕的表情，他啞然，摀住嘴。但話音已經隨著他長年工作而粗大的指節縫中，竄了出來。

不合時宜的，粽葉的香氣不斷從廚房的方向冒起，沛然充塞著肉粽文仔的紅磚屋。我跟清藏律師互相看了一眼。彷彿陳家媳婦的亡魂以粽葉的香氣再度出現在陽世間。

肉粽文仔站起身來，終於去把廚房後面那鍋正在燒水的爐火蓋熄。

「恁先等我。」

有點焦躁看著裡裡外外，走出紅磚瓦屋，看了看左右又走回來，把木門緊緊關上後，肉粽文仔兩眼穩穩地看著我和清藏，整理了一下聲音，很堅定地說：「因為，因為陳家新婦來找我買肉粽的那天，伊早就已經死了。」

「什麼意思？」我拍了一下他油膩膩的手。還以為我聽錯了。

「這，這嘛。」肉粽文仔竟支支吾吾起來。

我和肉粽文仔的雖然不是什麼深交良友，住得也不算近，但都是在這大街小路拖車做生意，過慣了闖弄奔巷的生活，多少都聽過對方的叫賣聲；好奇之下偶爾會往對方的方向走去，遇得見就在街頭交會，打個照面，或是買他一顆肉粽，買我一盒火柴交關一下。少不了會聊聊天，甚至一塊兒喝喝酒，解解悶。從我與肉粽文仔非常有限的交談經驗來看，他是個油嘴滑舌辯才無礙的人，他這樣欲言又止，我還是頭一回看見。

「我知了！律師，其他人就是因為這樣，所以才會開門來做伊的生意！根本就不是什麼查某鬼，肉粽文仔，你尚好講清楚！」因為來人就是陳家媳婦，大家都熟得很但又不願管陳家的閒事，只好用這種方式，睜一隻眼閉一隻眼地周濟，然後騙大家說，陳家媳婦已經變成女鬼了。至於那些青仔欉啊，橋頭的陳家媳婦，就算是被趕出來，應該也是可以拿得出好幾百圓的大戶。

「不，真正是查某鬼！請相信我。因為，因為。」肉粽文仔幾近崩潰地說：「就佇我拄到陳家媳婦彼晚之前，伊早就抱著去被悶死的囝仔，自己佇海邊的林投樹頂，吊喉自殺了！」

「什麼？」

「真正是查某鬼啦，你們要相信我，我是頭一個看到查某鬼的！」

「好好好，你慢慢講，到底是怎樣一回事？」清藏律師安撫了他，要他仔細回想，不要再有隱瞞。當然，律師也保證不會把他的話透露給別人知道，害他惹上不必要的麻煩。

肉粽文仔整理了一下心情，他說陳家媳婦上吊死了，隔不過一天，女鬼就出來跟他買肉粽，肉粽文仔雖然心慌慌，但只以為事有碰巧、人有相似而已；再隔一天，藤字布莊的人也說他遇到了陳家媳婦，跟他買布，然後青仔欉也便成銀紙。於是便確信真的撞鬼。

然後就一發不可收拾，壽町的每一晚都不安寧，天天有店家遇到已死的陳家媳婦來買東西，人人都在傳撞鬼，卻又不敢直說那位女鬼就是陳家媳婦。

收下的青仔欉一張張，變成林家本舖的銀紙一疊疊。

「警察怎樣講？」

「警察沒來。」肉粽文仔說：「陳家完全不想讓警察碰這件事情。伊草草就在山裡挖了一個坑，將彼個新婦埋起來了。」

陳家媳婦是真的死了，但是陳家顧忌著老太太的意思，又怕陳文龍察覺自己的妻子被逼著自殺，所以沒有報警。

「怎麼可能！那你們是怎麼知道陳家新婦上吊死的！」我不認為町內死了兩個人，警察不會有任何動作：「發現的時間呢？是誰發現的？怎麼會警察完全毋知呢？」

「因為，頭一個發現陳家新婦的，就是我。」肉粽文仔終於說出他的實話。藏在密密粽葉底下的真心話，原來如此鹹辣！

「啊！那你怎會冇去報警！」

「我熟識伊啊，我知影伊就是陳家新婦，彼個李昭娘。伊的身高、穿插都很好認。我就想說，先通知陳家，請陳家的人來處理啊。要若不，警察會想講人是我刣的。」

「然後？」我已經很難相信肉粽文仔說的每一句話了，所以他後來講的所有事情，我都要再三確認，不會有其他版本。

「恁千萬毋通講，是我尬恁講的。」

「你放心吧，我跟律師不會出賣你的。」

「好，代誌是這樣的。」

肉粽文仔說，那是早上七點多的事情。

他去認識的漁家那裡買蝦米，曬蝦米的漁家就住在一整片林投樹的對面，買完蝦米正要回去，偶然看見樹影裡面有奇怪的東西，好奇心驅使之下，意外發現了陳家媳婦李昭娘，被一條鐵鍊吊死在林投樹上。腳邊有一團布巾，應該是她的兒子，肉粽文仔說，一看見李昭娘，緊張地根本不敢確認那團布巾裡面還有沒有人，也不要說是去碰她了，他一看見李昭娘的臉，再加上昭娘的身高，很確定那是陳家媳婦李昭娘，扭頭就往回跑。本來想去找那個曬蝦米的漁家，但是怕這樣嚇到人；又想去報警，但又怕警察懷疑他大清早來到海邊幹什麼。

「所以我才會去陳家，跟他們說李昭娘吊死的事情。」

急忙跑到陳家去，才剛剛跟他們講完，陳家老太太二話不說就派了三個家丁，隨手拿出了一疋大黑布，和一個大麻布袋，跟著肉粽文仔到海邊去。回到海邊的時候也還不到九點，附近除了漁家之外，平常沒有什麼人會到這裡走動，當肉粽文仔跟陳家家丁回到海邊的時候，陳家家丁一靠上來，認清了那女的臉，就將那女子從樹上解下，用那黑布三把兩把，連著地上的布巾也一起包一包，塞進了大麻布袋子。塞起來也不過就是幾斗米的大小，扛著就要回陳家。

隔天晚上，十點，肉粽文仔就遇上來買粽子的女鬼。

「在你離開，到回來的這段路上，李昭娘都沒被人發現嗎？」

「沒有。」肉粽文仔回得很快，但他已經無法取得我的信任了。我一定要親自到現場勘查一下地形，才能確信他說的事實。如果照他所講，走出曬蝦米的漁家，不經意就看見李昭娘，那為何曬蝦米的漁家都沒發現呢？

「所以才來請我替這女鬼超渡嗎？」

不過律師倒不擔心肉粽文仔說謊的樣子，還是在追探女鬼的進度。

「是啦！」

肉粽文仔說，臨走前，陳家家丁拿了一張青仔欉，要肉粽文仔當作沒看到這件事情。看樣子，陳家早就預估會發生這樣的事情，才會在這麼要緊的時候，一下子就變出裹屍用的布，以及裝屍體用的麻布袋。

一邊說，肉粽文仔的額頭也不斷冒出了斗大的汗珠，從陳家那裡收了不義之財，加上這連日來的女鬼事件，已經把他逼到臨界點了。

清藏律師抿著唇，神色凝重地聽完肉粽文仔第二度的自白。

四、虎尾林的林得

有條件地放過了肉粽文仔，我和律師回到松本寺。

「這個時候也只能等了。」律師無奈地說。

一邊是桃花被無情分屍的命案，另一邊是李昭娘被婆家趕走，最後上吊自盡的慘劇。我不免哀嘆起府城女性的悲怨宿命。

回松本寺之前，我和清藏律師決定，趁著夜色尚未降臨，沿著海港邊的小路，去一趟肉粽文仔所說的案發現場，實地勘驗是否真的如他所說。換言之，因為肉粽文仔的說詞反覆，他已經失去了我們的信任。律師認為，就算肉粽文仔不是兇手，他也肯定知道一些內幕而不肯鬆口。特別是關於陳家的。

剛到海邊的時候，其實抓不太到所謂的方位，尤其天色轉陰，雲影遮翳，日光也漸漸淡去。海的彼端似有悶雷，冬季的雷。

肉粽文仔發現李昭娘的地方，是一整片的林投樹叢，並不是幾棵林投樹而已。這片海域沿岸，為了防風的關係，種滿林投樹，而民家與林投樹最茂密的區域，又都離了一段距離。單是為了尋找第一現場，就花了我跟律師不少時間。對於走出民家就瞥見李昭娘的這種說法，隨著我跟律師在林投樹間穿梭，尋找可疑吊痕的當下，我是愈來愈存疑了。不過幸好肉粽文仔有提到曬蝦米的事情，當我們要進入林投樹叢之前，早就在一戶吊掛著魚乾，門前擺著蝦米、魷魚乾的店家，我們避開談到李昭娘，向他詢問肉粽文仔的事情。

「你們說肉粽文仔喔？是啦，肉粽文仔帶一陣人來這裡，不知道挖什麼寶，扛了一個麻袋離開的，這附近的人根本不會走進林投樹裡。」

固守店家的那位三十多歲的年輕老闆，穿著還算白淨的外套，腰間圍的那條挖了兩個口袋的黑色圍裙，看上去也是蠻新的布料。當律師上前去，向他問話的時候，他正在收拾店門口的乾貨，應該是剛繼承了父祖輩的家業不久，收起那些散落魚乾的手勢彷彿還有點生疏的樣子。

律師一邊與他對答，我則是環顧著四周單純的民家，太陽快下山了，入夜之後，這附近應該不會有什麼人走動了。這裡顯然是一個尋常的漁家聚落，店門前都沒有招牌，也就十多間木頭厝，零零星星，隔著防風的林投樹，傍海而居。不需要招牌，這裡的生意只做給熟門路的客人，魚乾楊、釣具陳、雜貨佐藤的，差不多這樣的稱呼就夠了。

「伊是帶外濟人來？」

律師已經不相信肉粽文仔所說的一切了，他寧可從第一次見面的魚乾店老闆口中問出一些資訊，在律師看來，雖然是第一次見面，但魚乾店老闆說話的方式比肉粽文仔誠懇多了。

「喔，三個吧，抑是四個！詳細我是不清楚啦，但就是肉粽文仔帶來的人。」

我也認為，這年輕老闆的話，應該比肉粽文仔所說的還要來得可信。畢竟再怎麼說，肉粽文仔也是老江湖了，他心裡頭包藏著什麼，逼問也是逼問不出來的。

肉粽文仔收了陳家的錢，處處說謊，直到被女鬼纏上，才不得不吐露心聲。他其實是在百般掙扎之下，硬說出一點點半真半假的消息。我完全可以想像得到，徹夜輾轉難眠，躺在床上，抓著被單，害怕半夜聽到敲門聲的肉粽文仔，正在向神佛懺悔，他又說謊了，而且這次還騙了和尚。那個滑稽又可悲的樣子。

「肉粽文仔帶他們走到那邊那欉樹下，然後我就看不見他們在幹嘛了。」年輕老闆指往海岸邊，他說，有一顆最粗壯的林投樹，如果沒錯的話，樹的枝條可能還可以看得到吊痕。

我跟律師就這樣兩個人在樹影隨著夜風逐漸張狂，夕陽也愈趨昏沉的時分，抓緊最後的時刻，一顆顆篩選可能的林投樹。

「律師你看，頂頭的枝條，這甘是吊喉的所在？」

終於，或許是李昭娘靈感指引，在一棵枝葉快高過成年人兩倍的林投樹，看見了李昭娘留在人間最後的遺跡。那段勒痕像樹幹被刨了一圈，鏤刻在林投樹上，道盡了她一層層的不甘願如樹皮剝落。

清藏律師靠近林投樹，仔細地抬頭瞧了那條痕跡，輕輕摸了一下後，他很肯定地說：「嗯，應該是。看這個痕跡。秀仁，你跟我想的是不是一樣？」

「應該是。這是鐵鍊吧。」

因為一路走來其實我都還在想著五寸釘跟鐵鍊是買來做什麼用的，一個剛生產完的孕婦需要那種東西幹什麼。看到樹幹上有一圈被扯碎的樹皮，樹木的芯都外露了，顯然曾經用粗砥的東西繞著，然後吊掛過重物。上吊常見的棉繩、草索、衣帶、甚至是活藤都不可能造成樹木有這種傷痕，唯有鐵鍊比較有可能。而且，傳聞中的女鬼也買了鐵鍊。

「嗯，這就真正有卡費解了。買鐵鍊的日子，已經是她自殺後的事情了。真正奇怪。」清藏律師邊說，邊挲磨了一下隨風擺舞的細長葉子，傍晚時分，海邊的風愈來愈強了，翻得他的袈裟衣袖不斷飛舞。夕日打在樹上，投下來的影子斑駁搖曳，我看這片林投樹到了晚上，就算沒有女鬼出沒，樹影悽悽也會惹得人心惶惶。

「不奇怪啊，就是鬧鬼啊。」我打趣地說。

「冇，若是鬧鬼，予伊買走的物件呢？一定會放在什物所在，不可能憑空消失。而且，為什麼是買這些物件？」清藏律師有點焦慮，尤其是被我看出他在宗教信仰與科學證據之間的天人交戰後，他似乎也感覺到我正在等他發表高見。

「府城這麼大，是欲如何來找那些物件？」

「其他的我不知道，柴屐跟梳子這種手工的製品，逐件逐件都有淡薄仔不共，只要請與治亦是新匠的師傅來幫忙，應該是找有。還有，賣出去的布料，花草也一定不同。」

「嗯，所以應該去問看覓，那些店頭家的出貨情況。」我抄下待辦事項在筆記本裡備忘。

「還有，你看土腳。」

隨著清藏律師一指，但見林投樹的周遭有一行足跡，那個足跡像是踩著兩塊横木條往前走的，留在泥地上有一個個像漢字「二」的印子。那是木屐的鞋印，而且按照腳型來看，應該是左近木屐，呈著外八字在樹下繞了幾圈，然後才慢慢往前方的沙地裡消失。

好像，李昭娘穿著木屐，在自己上吊的樹邊徘徊一樣。

「鐵釘鐵鍊是李昭娘現身了後第七天買的物件，早在七天前伊就已經死了。柴屐更是，現身了後的第十天，也就是前日才買的……。」我算著不同的日期跟物件之間的關係，這些現象一定有一個樞紐，將所有線索綰合在一起。

清藏律師忽然豁然地拍了一下額頭：「我知影了！真正，真正有鬼！」

本來是我故意要逗他，沒想到現在就換他調侃我了。

「怎有可能！別講玩笑了。」雖然是這樣反駁律師，但不得不說，我腦中雖然不斷地在思考的事件正確走向，但因為肉粽文仔的迴避與閃躲，我也不得不慢慢地接受，或許，真的有人親眼看見李昭娘作祟的這種說法了。

「不，我的意思是，有人在背後搞鬼。」清藏律師說：「不過，這個人很有意思，他為了要留下這些暗示，費了不少心思。」

我馬上就想到肉粽文仔，我認為是他搞鬼。可是他剛才在家裡驚慌搖頭，揮手否認的那個樣子，我還歷歷在目。

「拖車生意的人，哪有可能穿柴屐呢！而且就算是他搞鬼，以今天來說，這個腳印應該早就不見了！肉粽文仔可是一整下午都跟著我們啊。」清藏律師抹消了我對肉粽文仔的質疑，我也是做拖車生意的人，木屐會卡著腳趾頭，兩側還常常會起水泡，我都是穿納底的布鞋比較多：「而且看肉粽文仔嚇成語無倫次的樣子，我覺得他應該真的看到了什麼。我的意思是，不一定是女鬼，很有可能是他知道什麼，從他的心識中變現出來的。」

「也就是妄想？你是指這查某鬼，其實只是大家的妄想嗎？」我是不清楚佛教怎麼看待妄想啦，但一口氣十個店家都產生一樣的妄想，難道不是頗奇怪的嗎？我用一種難以置信的眼神看著清藏律師，但他卻回以一個肯定的答案。

「嗯，應該是。眾人同時有同款的妄想，也並非完全冇可能。我想，現在就要好好了解一下陳家的背景了。不知道肉粽文仔那邊處理得怎麼樣了？」

肉粽文仔說了這麼多次謊，卻還能從我們的盤問中安然離開的交換條件，就是他必須幫我們跑一趟警署，務必請田邊今晚帶上關於壽町陳家的資料，到松本寺來一聚。如果找到了乞丐寮的頭領，也請一併將他帶到松本寺來。肉粽文仔本來不想再沾染到任何關於李昭娘的事情，是律師威脅他，如果他不幫忙，那律師就會請田邊重新調查肉粽文仔的不在場證明。畢竟，第一個發現李昭娘的是肉粽文仔，知情不報的，也是肉粽文仔。怎麼看都是肉粽文仔的嫌疑最大。

肉粽文仔莫可奈何，乖乖替我們跑一趟人多口雜的幸町。也只有他，最容易混進警署而不引起記者們的騷動。記者當然還是想追問女鬼與屍體之間的關係，但肉粽文仔只是一個見到女鬼的人，沒有人認為他會知道這麼多。大家反而對最後一間看到女鬼的新匠木工店比較有興趣，因為記者們很快就整理出最新的情報，那就是：昨晚沒人見到女鬼，十天以來，頭一遭，壽町度過安靜的夜晚，那連續敲了十天的敲門聲，忽然消失了。

也就是說，最後一個看見女鬼的新匠木工店，應該握有女鬼的最新資訊。

記者都被牽制在幸町和壽町這兩個地方了，他們對於虎尾林運到檢驗所的屍體完全失去興趣。畢竟他們現在認為檢驗所暫放的遺體，就是他們現在追蹤的壽町女鬼本人，追一具不會講話的屍體，哪裡比得上來追查警察等相關人士來得有趣生動呢。也因為這樣，當我跟律師勘查完海邊的林投樹之後，頗為安心地，沿著海港小路，慢慢走回了也是離海不遠的松本寺。

收了陳家的錢，卻被李昭娘找上，現在更害怕被警察盤問甚至收押的肉粽文仔，一定會乖乖就範的。果不其然，回到松本寺，我與律師不過才剛喝罷一盅水金龜，門外就傳來了肉粽文仔的聲音。

「律師啊！我替你們把人都找來了！」將功贖罪一般地，肉粽文仔在寺門口扯著嗓子。因為我早已聽慣了他叫賣的聲音，所以我在寺內也聽得出來，他硬是把情緒推得好高，才有勇氣走進松本寺，重新面對我跟律師。他說不定也知道，海邊林投樹的說詞，已經被我們識破了。

律師和我將茶盞擱下，起身迎接來人。走到中庭，便看見肉粽文仔後頭，除了田邊之外，還有一男一女。男的穿著破舊的唐衫，褲子也是好幾個補丁，應該就是乞丐寮的人；女的則是一襲深紫色的盤扣粗布短衣，配上同色調的鬆軟麻料褲子，看上去像是有在做事情的人。

肉粽文仔一見到我們走出來，扭頭就要離開：「我人帶到，先來走！」

「喂！肉粽文仔，你有話沒說清楚喔！」我趕緊叫住他。同此時也，田邊似乎也知道這些事件還有內情藏在肉粽文仔口中，而且也跟肉粽文仔有關，便趕緊跨步，往左一站，硬是擋住了肉粽文仔的去路。

「這，大人，我已經共我知影的事情都講了了啊，其他我攏毋知！」

「不是吧！我剛才跟秀仁去過你說的，林投樹那邊……」

律師話還沒說完，肉粽文仔趕緊補上話來：「對啊，我沒騙恁吧？有一欉粗勇的樹，頂頭有……」

看這肉粽文仔還想打哈哈，這倒是惹得清藏律師有點生氣了：「究竟是怎麼發現李昭娘的？你要我幫你說明嗎？」

「發現李昭娘，我不是講過了，就是我去買蝦米，啊買完了後……」

清藏律師看肉粽文仔不死心的樣子，應該是肉粽文仔自以為把祕密藏得很嚴實。就算有不一樣的口供出現，也無法指證他。但清藏律師早就看透了，肉粽文仔還沒說完呢，律師就先大喝一聲，制止他繼續扯謊。

「好了！」

連我都很少見到律師生氣的樣子，更不要說是第一次跟他交手，還不知死活想要變鬼變怪的肉粽文仔。看他嚇得那個樣子，我都不好意思接話了。

「你不講，那我幫你講。」清藏律師：「我跟秀仁去過你說的地方了，發現李昭娘的林投樹，離你買蝦米的店家，還有好一段路，賣蝦米的根本不知道林投樹裡死了人。你究竟是為什麼要往林投樹叢裡去呢？是有人這樣指使你吧！」

肉粽文仔應該有料到我們會去找案發現場，但沒想到我們的行動這麼快，他一臉像是還沒準備好推託之詞的樣子，怯在當場，不發一言。他的腳步還是想掉頭離開，但是田邊已經架住他的手臂了。

「說清楚再走吧！反正人不是你殺的，你怕什麼呢？」田邊拍拍肉粽文仔的肩膀，應該可以感受得到肉粽文仔正在顫抖著。

肉粽文仔幾乎絕望的看向我這邊，他以為我可以幫他美言幾句；但我無奈地搖搖頭，惹動清藏律師生氣，肉粽文仔這下吃不完兜著走了。肉粽文仔看我搖頭，他訝得嘴巴張得老大，只得任律師擺布。

「大家先入內吧，天晚了，入內慢慢講。」清藏律師招呼眾人，先到寺裡再說。田邊點點頭，推了一下肉粽文仔，示意讓肉粽文仔先走。

「好啦，不要推啦。」肉粽文仔莫可奈何，只好跟著進來寺內。

月影蒙上了一團霧，可以嗅到空氣中浮出了一絲絲水氣。潤潤的，松本寺內也湧入了豐沛的水氣，停在花葉與草木上，漸漸泛出泥土的氣息。

「先進本堂禮佛。有什麼事情，等一下再慢慢說。」

「嗯。」田邊跟律師多年合作的默契是，在誰的地盤就聽誰的。所以在警署的時候，律師都會特別客氣，遇到任何事情，不斷發問，生怕犯了警署的規矩；若是來到松本寺，就算田邊是跟長官一起，他都會要求長官務必要客隨主便，一切都聽清藏律師的安排。

清藏律師走在前頭，他從袈裟的袖子裡，撈出一串鑰匙，透著月光把本堂的門打開，眾人便跟著他一起登上本堂。

眾人一起進到本堂內，隨著律師的背影，合掌鞠躬，跪拜三禮。待所有人都坐定了之後，在本尊釋迦牟尼如來的注目之下，律師才緩緩地說著話：「我想，在聽肉粽文仔把事情說清楚之前，先請田邊先生，介紹一下這兩位吧。」

「是，首先呢，這位先生就是乞丐寮的頭領。喂，你自己介紹一下吧！」田邊指著衣衫襤褸的那人，他訥訥的看著清藏律師，又轉過頭來，瞄了一眼田邊。

「說吧。」田邊再催了一次的時候，臉上的表情有點兇。

「我叫林得，是住佇虎尾林的乞食頭。」乞丐林得把他的前情表過一遍，雖然無從找出殺害桃花的真兇，但至少讓律師想通了，李昭娘作祟的原因。是的，有一種可能，是李昭娘作祟的動機，而這個癥結點，就藏在林得的證詞中。

乞丐林得語盡懊悔的說他當時不該財迷心竅，收了人家一千圓。

「一千圓？是誰派給你什麼好工作，讓你賺這一千圓？」

「就是，就是去山水閣點桃花的菸盤啊。而且還一定要買她的通花，要跟她過眠啦。」通花就是藝妲必須陪著恩客一整天的消費，但是林得花了五百圓，卻只占去了桃花短短一夜的時間。

林得說起了收受一千圓的始末，讓人毛骨悚然的是，原來桃花當時處在那麼危險的狀態而不自覺，就這樣一步步走上了預先被安排好的死亡之路。

那一千圓，是某天清早，忽然有人送到乞丐寮的。

林得才剛吃完昨天晚上乞來的半張酥餅，躺回了他的鋪頭，正待睡意侵來要悠悠入眠，就聽見有人隔著木板釘成的窗，很急促地敲了好幾下。

被吵醒的林得，有點惱然，敲回去，問外面是誰。

外面卻一片靜肅肅。

「我先是罵了幾句，抑是沒聲沒息，我就趕緊爬起來，把窗仔門推開，一看，外口什物人攏毋！」林得說他那個地方就只有乞丐們會聚集在一起，平常大家都是從正門穿來穿去，林得還補充了一下：「也不算是什物門啦，就是一片破布，把寮房的入口稍可擋一下爾爾。」

按照林得的描述，還有我所見識過的乞丐寮，那差不多就跟墳場一樣的生人勿近，平常是絕對不會有人靠近，更別說是乞丐以外的人出入了。虎尾林與府城之間，一路上有些竹林果園，還有墳場墓地，乞丐們大概就窩在這四周；圖的是進城方便，平常出入在這種荒郊野嶺也比較不會被人驅趕。

所以，那天清早來敲林得窗戶的人，肯定有什麼特別的動機。

「你有走出去看嗎？」

「有，外口什物人攏沒。」那個人好像只是專程來吵醒林得而已：「我行到外口，就是伊撞門的所在看，只有一封批信。」

「信裡面就是那一千圓？」律師問道。

「是，還有一張紙，頂頭寫講要我去買一領高級的西米羅，點桃花的菸盤，。」林得說，那張紙他早就燒掉了，他可不想留下這樣的證據，讓人來懷疑他。

律師仔細地打量了林得一眼，好像那樣就可以不再犯下誤信肉粽文仔的過錯。律師要林得向佛祖發誓：「我知影，你們乞食攏是看天呷飯，你若是會當保證你所講的句句屬實，你就跟佛祖發誓，如何？」

「那有何困難！」正對佛祖，好像很熟悉這樣的事情了，就在本堂大聲地朗誦著他的咒懺：「我林得，向佛祖咒詛，收了人家一千圓，雖然毋知影是誰給我的，但我拿錢去做了一領白色的西米羅，亦有一頂草帽仔，親自去山水閣，點了桃花的煙盤，開五百圓買著伊的通花。除了這些以外，其他的事情我一概不知。」

林得是少數幾個目前已經知道桃花遇害的人，他當然理解說出來的每一句話的重要性，以及每一句話背後隨時可能引發的危機。當他提到桃花的時候，盡可能的用各種委婉曖昧的詞語來表達，因為他不確定坐在這本堂內的人當中，誰已經知道桃花的死訊，而誰不知道。這大概是田邊交代的吧。也是這個緣故，他說話的態度很顯然地跟什麼都一知半解肉粽文仔有所區別。

「好，那我再問你一個問題。」律師很審慎地辨析著林得說話的聲線還有表情，除非林得的演技比肉粽文仔高強一百倍，否則律師已經可以很確定，林得這些自白，都是據實以告。

「請問吧。」林得發了誓之後，好像更有膽量了，當著所有人的面前說：「我雖然是一個乞食，抑不過我行端坐正，不偷不搶，這是天地神明會當見證的！」

「好。」律師問他，知不知道隔天一早，乞丐在山水閣外面叫囂的事情：「那些乞食是你的兄弟嗎？抑是你去調來的人手？」

「喔！那些啊，是啦，是我去找來的，因為信中有交代，桃花被我開去的事情，欲趁透早就予伊透全城、通人知，要若不，伊就會返來共我討一千圓。」林得說著說著，好像自己也想出了一點端倪：「我當然是知影伊這樣做，是欲敗壞桃花的名聲，但是，這個辦法。」

說到一半，林得就把話音收得小小的，看了一眼田邊。

「嗯。」田邊在一旁邊聽邊做筆錄，對於林得的這個推斷，他也覺得很說得過去：「你是想說，何必還要花這一千圓來大費周章地破壞她的名聲。對否？」

「是啦是啦。啊就，陷害桃花的人還佇外口，阮哪敢講桃花的代誌呢！」當時出去乞討歸來，半路上發現桃花的那兩個乞丐，被警察問完話後，因為警察特別交代他們不可聲張，所以整天都跟林得一樣，完全不敢提到關於桃花的任何話題；就算有人問他們去警局作什麼，或都是說得非常隱晦，讓人根本無從知曉桃花的生死。整個乞丐寮至少二十幾張嘴巴，傳出去就不得了了。

「什物人會這樣怨恨桃花，怨恨到這種程度呢？」我無意間呢喃了這句，倒是讓清藏律師的腦筋轉了一下。

「王董的細姨！」田邊跟律師兩人異口同聲地看著對方。

田邊這時候趕緊替大家介紹另外那位一直沉默著的女子：「如果跟王董有關係，那就要問這位。她叫阿雲，是在桃花身邊幫忙梳妝打扮的，也是山水閣很重要的使用人。阿雲，素春有把山水閣的帳本交給你嗎？」

「有。我把該帶的、不該帶的，全都帶來了。」

「好，你先稍等。肉粽文仔！」律師點了肉粽文仔的名，他一臉從迷霧中驚醒過來的樣子，看著正對面的清藏律師。

現場只有肉粽文仔是唯一搞不清楚狀況的人，他聽得一愣一愣，只關心自己跟李昭娘的話題。他一直搞不懂為什麼問他李昭娘的事情，卻要請來這兩個跟山水閣頭牌藝妲桃花有關係的人。究竟為什麼要從李昭娘的死，聊到一個藝妲被乞丐開去的事情。被乞丐開去又怎麼樣呢？乞丐跟使用人，跟李昭娘又有什麼相干？

「是！」被點名的他應該知道，紙包不住火了，回答得又急又快。

「你老實講，為什麼跑去海邊？誰叫你去找李昭娘的？」

「這，這。」他看了一眼清藏律師，又再看看本堂上的釋迦牟尼，狠下心來終於吐露實情：「是陳家叫我去看的。抑不過，陳家是說，李昭娘被他們安置在海邊，拿了一千圓，要我轉交予李昭娘。」

「安置在海邊？什麼意思？」

肉粽文仔抿著嘴，很痛苦的樣子。悶悶哼哼半天，被律師怒瞪了一眼，才說出陳家拜託他的事情：「陳家老太太伊不想欲予陳文龍為著昭娘來心煩，就拿一千圓作瑣費，伊講伊共李昭娘約好了在海邊見面，伊會替昭娘找一隻船，叫我將錢轉交予昭娘。要昭娘錢拿拿，看要去內地抑是唐山，反正以後莫來台灣。」

陳家老太太把李昭娘趕走之後，大概反悔了，才想到請肉粽文仔的去做這件事情。但為何是肉粽文仔呢？因為他會到那邊買蝦米，比較說得過去嗎？還是肉粽文仔與陳家有故交呢？

「可是。」律師聽著，也想到了一點不太對勁的地方，但不是針對肉粽文仔的說詞了：「你是說，她把李昭娘約在海邊。那李昭娘為何會自殺呢？」

「我真正不知影。頂一晚昭娘還呷了我兩粒肉粽，看起來不像是欲自殺的人。我這次講的，句句屬實，絕不虛言。」肉粽文仔幫陳老太太解釋了一下：「陳家人會找我的原因，是因為李昭娘被趕出來的頭前那半個多月，都是我用肉粽在接濟她的關係吧。」

「原來李昭娘被趕出家門半個多月，都是呷你的肉粽在活啊。」律師掐指算了一下時間，半個月，也就是十五天；十一天前李昭娘被發現死在樹下，所以李昭娘離開陳家，算起來是二十六天，將近一個月前的事情了：「那她的孩子呢？」

「也跟著她啊。」肉粽文仔說：「她去予趕出來的頭一晚，正好拄到我，我看她哭得可憐，就送予她一顆肉粽。了後十外天，都是我在幫她。」

「原來是這樣！所以你在林投樹叢裡，才能一眼就認出是李昭娘！」當然，還有李昭娘死後來買肉粽的時候，肉粽文仔也是一眼就知道是她了。

「但是你們真的不能講出去，講出去陳家會來找我麻煩的。」肉粽文仔說，李昭娘大家都多少見過，大半夜的不要講，平常早上走在路上是一定認得出來的。

「那你到底收了陳家多少錢呢？」

肉粽文仔搖搖頭，看樣子那個數字很難啟齒。

「還有什麼不能講？」律師鼻子哼了一聲：「陳家本來欲予李昭娘的那一千圓，就是你收下的吧！就跟林得拿了一千圓，去糟蹋桃花一樣！」

「啊？」肉粽文仔一頭霧水地看著律師。

「你一定想，我是怎麼知道的吧！」律師不理會他的困惑，但律師已經可以斷定，女鬼事件是捏造出來的了：「你拿了這一千圓，分給了九間店家，自己留了一百圓。你要他們謊稱看到李昭娘的鬼魂，對吧！李昭娘向你求助的時候，應該把所有的事情都跟你說了，所以你盡可能的幫助她。李昭娘最後還是選擇自殺，讓你覺得事情不太對勁，尤其是你看到陳家密葬李昭娘的時候，你就決定要查出李昭娘的死因。為了要讓李昭娘的死曝光，所以你就買通了其他的店家，用這種散布謠言的方式，等到陳家不得不想辦法來掩蓋消息，或是完全無法掩蓋的時候，你認為李昭娘的冤情就會水落石出了，對吧！」

「不是，不是的！」肉粽文仔急忙否認了清藏律師的推理：「只要是住佇壽町的居民，晚時十一點外還佇路口行來行去的話，就有可能見過李昭娘的冤魂喔！這你可以去問附近的人，白衫黑頭鬃，身高不高的查某鬼。我是有彼呢濟錢，共整個壽町的人都收買起來喔！」肉粽聞言之有理，見鬼是整個町的事情。這跟清藏律師走訪壽町時所打聽到的也差不多，十間店家與李昭娘有交易買賣，但店家以外的其他人，卻也言之鑿鑿見過李昭娘的冤魂。所以不可能用這一千圓來收買所有的人。

「好，我姑且相信你到這邊。」至此，律師終於露出了淺淺的微笑，看著阿雲：「阿雲姑娘，請你將你共桃花的代誌，講予我們了解吧。」

「好。」

五、山水閣的阿雲

阿雲在山水閣的工作，主要是輔助或者代理素春的業務。只是阿雲從未獨自陪客人喝過一夜的酒，更不懂得賣笑，出場都是幫襯打雜的阿雲，不可能成為素春二代目。她也不願意。從娼婦業的行規來說，阿雲如果晉升為娼頭，那才是奇怪的事情。在藝妲底下跟進跟出，成日幫手幫腳的人，未來後半輩子就只有疊椅擦桌，灑掃洗濯，沒別的指望了。如果讓人家知道，山水閣第二代娼頭，是個連男人都沒碰過的老處女，那以後誰還敢來山水閣玩！

沒嘗過男人的甜頭與苦頭，不可能調教出好的藝妲。這是偏見，也是鐵則。

阿雲守著她的本分，一如她被素春買進山水閣之後，就已經透析了自己的宿命一樣，老實地跟在素春身邊，替她分憂解勞。

「老了老了！不中用了。」說著說著，素春從褲兜裡撈出了山水閣所有的鑰匙，塞到阿雲手裡。有前後門的，還有管上下窗的；藝妲們的個室與使用人的通鋪房；還有出租用的貸座敷房間跟倉庫等等，二十來隻灰黑色的鐵鑰匙，都用一條紅棉繩綁在一起。素春所有的家當，都在這一大串鑰匙上了。

以前是素春一個人指揮其他使用人，調度整間山水閣的藝妲，現在素春年紀大了，牆上的洋鐘也才十點剛過一些，往往就有了睡意，不得不交出鑰匙來。目前有阿雲來輔佐，以後誰要接班，還不是山水閣應該要面對的問題。再等桃花努力一陣子，說不定能找到一個好旦那，花十倍、二十倍的錢把桃花買走；那賣桃花的錢足夠讓山水閣再買幾個年輕的女孩進來，素春就可以慢慢地把位子讓給人氣僅次於桃花的金楓，或是年資比較高的牡丹了。

山水閣的素春等待桃花的好消息，但這種事情急不得；金楓跟牡丹也是盼著桃花早早嫁掉，所以和其他姊妹也是多多讓著桃花。

睡前把山水閣的鑰匙交給阿雲，一切由阿雲全權發落，是素春每天固定的最後一項工作。阿雲從未出過任何差錯，但就算是今天桃花發生了這樣的事情，素春也不會怪罪阿雲。最後一次出張是做熟客王董的生意，桃花當面應允了王董，後來也經由素春親自批准的，阿雲和素春，甚至桃花自己都認為，像王董這麼熟的客人，接他的出張也並非第一次，只玩早上幾個小時的朝花又是最安全的時段，大街上人來人往，所以就沒有多做什麼安全防範了。桃花出事，當然不能算在阿雲的責任上，事情發生在山水閣外，一切都來得太突然。

「按常理來講，藝妲若要出張，尚少要加派兩個人陪同。」阿雲解釋，多派出兩個人，那桃花就不至於死在這荒郊野嶺了，多一雙手多一份力量，這些陪同的人兼具保鑣打手與擋酒應酬的功能在。可是多請的人，如果對方不買帳，也不多給些小費的話，出張的費用還是得全算在山水閣或藝妲自己身上。頭牌的出張基本上是跟店裡拆帳，跟著出張的就看是店裡或藝妲付錢，通常是用點人頭計價的。桃花也不是想省這個小錢，但為了服侍一個熟客的朝花就出動三五人的隊伍行列，也未免太小題大作了些。料想也不會有姊妹或使用人願意這樣一大早跟著自己去服侍王董才是，不如就讓山水閣的大家多睡一下吧。長年跟在桃花身邊的阿雲當然理解桃花的想法。

桃花這種頭牌，或是其他像金楓、牡丹這種出張率很高的藝妲，阿雲就會派兩個年紀稍長的，去幫忙擋酒，打點前後，免得藝妲回不來，甚至在客人那邊被糟蹋；假使怕客人玩得不夠盡興，那就多出動兩個年輕的舞伎，浩浩蕩蕩的五人隊伍，走在路上，人說花魁道中。跟真正的京都花街相比，這是很簡略陽春的隊伍，但還是會吸引一票爭相來看的人潮，把新町的路都塞起來。有時候為了避免人潮，就讓藝妓和舞伎搭人力車，藝妓自己一台，兩個小舞伎兩人一台。到了跟客人約定的現場，兩名車伕也是隨時待機，守在貸座敷門口。做這行的，車伕是挺重要的，畢竟多了兩個大男人助陣壯膽，酒客一般也比較不敢亂來。

可是那天就是沒給桃花派人。連最年輕的舞伎也沒派去幫忙。

阿雲扁了扁嘴，好像在替桃花感到不值：「不要說是出張朝花不帶人，就是王董跟盧舍一起出現的那天晚上，他們都執意要點桃花的宵花，還很堅持不要其他的藝妲。桃花說雖然一夜無事把他們安撫得沒有怨言，但沒人曉得，其實是桃花各留了一場通花給他們兩個人，用免費的通花跟他們換的。」

藝妓做到自己貼錢買客人的歡心，桃花把自己的格調做得有點低賤了。阿雲也勸過她幾回：「就是要吃不到的才珍貴，哪有像你這樣，把自己包一包，送到別人嘴上的呢！」

「王董仔年紀大了，他又那麼疼我，我不能讓他傷心；盧舍處處都在替我琢磨，他平常可是會特地選日子來找我的，只是今日不巧，但我豈能放盧舍這樣獨自一人呢；他們好歹也是資助了山水閣好一陣子的前股東，就算阿母把股利股息都算還給他們了，但還是對山水閣對阿母有恩啊！」桃花那說詞，阿雲是招架不來的。當天晚上，王董盧舍各自在房內早早歇去，並且分配好了與桃花的通花，敬老尊賢的讓王董占了先，盧舍自動禮讓，就此排訂了兩個人的順序。

桃花打算得很細膩，在她的價值觀裡，雖然每樣東西都有個價格，但顯然不是有錢就可以買到所有東西。況且，有些極其珍貴難得的寶貝，就是全世界的富豪捧著現金來，訂價也永遠要比他們的現金貴一圓。就是要差那麼一圓，讓所有人永遠買不到手，才更顯得珍貴。例如對良家婦女來說，可能是名節貞操，和一些死後不與骨灰同湮滅的虛名；對藝妲女子而言，應該是一個好旦那，最好的那種旦那，財產不用多，就是剛好買贖了自己以後，就再也買不起任何人的那種。

「就是太重感情了！」阿雲想起來，她那樣訓誡桃花的當下，其實也有發現自己是個同樣深情重義的人。阿雲可以理解桃花的想法，所以最後阿雲沒有阻止桃花用這種方式來博取那二個人更多的憐愛與照顧。

桃花靠著她天真爛漫，毫無造作的天性，也是能爬到山水閣的頂端。有什麼事情，無論大小，她都會跟她的酒客們據實以告。阿雲經常出入席間，幫忙端菜遞酒，每次聽見桃花向酒客說起自己的身世，或是不同於其他藝妲的價值觀時，阿雲都會偷聽到一些，而每次聽來的，都是非常詳實，不懂欺矯的自白。

「我們家本來姓林，小時候住在清水町，因為家裡窮，就被賣出來了。本來我也只是想說跳個舞伎，等年紀到了就改行當酌婦吧。離開家門的那天，我父母還喊著我。要我債還完了，就趕緊走。」

按照總督府頒布的藝妓酌婦取締規則，本島人說的藝妲，或是內地人講的藝妓，其實都是籠統的稱呼，這種「水商賣」的女子，其實都是有身分階級的。

像山水閣，用飲食店跟貸座敷的名目在做生意，培訓藝妲，領有合法牌照的素春，也是盡量讓底下的藝妲遵守法律規定。是藝妓的，就不要想著靠賣身賺大錢；是陪睡的娼婦或陪喝的酌婦，各自也應當安守分際。山水閣裡十多位藝妲，大多都是資格搆不上藝妓的賣春婦，有的是酌婦，有的是娼婦，但素春覺得她們不能永遠以色事人，專程給她們找了南北管的先生、端唄三味線的師匠，各自按她們的特長與喜好，加緊了樂器和歌唱的稽古練習，還有舞蹈身段，這才練就了個個都不輸那些正牌藝妓的本領，竄起了山水閣的好名聲。

桃花當然也是這樣過來的。不過桃花更是資質突出，素春買了她，還沒正式出師，琴藝進步神速又歌韻天成，早就比得上那些在籍的藝妓了。公開將初夜水揚拍賣掉，正式宣告成為藝妓後，照理說，她從此就不能再接什麼朝花、晝花的生意了，但王董喜歡、盧舍喜歡、大家都喜歡，就明目張膽地把桃花買進手裡，對外都說是聽她彈琴唱歌，隔著門窗聽那裡頭的弦歌舞樂，雖然熱鬧，卻是每次都唱不完一整首歌。歌聲停下來之後，屋裡頭的笑聲也緩了，陪侍的人也一個個走出來了，只剩下桃花跟恩客。忙些什麼？只是明眼人不戳破而已。

「結果你怎麼沒走呢？」王董故作不解，笑瞇瞇地問桃花。

「如果我真的賺飽了就走，可就遇不到王董了呢！」

「那你父母怎麼辦呢？他們不想你嗎？」不只王董這樣問，盧舍第一次聽桃花談到她的身世時，還有什麼李董、張老爺、佐藤桑等等等等，都會問到桃花的父母。桃花一般是不會跟人說這些的，因為比桃花更慘的，眼前就有阿雲一個，說了又能如何；跟自己的酒客說，那感覺又不一樣了，畢竟在這些酒客的生命中，只有他們買別人的機會，從來不曉得出賣自己家人是什麼樣的感覺。桃花說，把自己悲慘的身世講給一個含金湯匙出生的人聽，會有一種說不上來的感覺。可能是來自那些過度的悲憫吧，但桃花不在乎這種上下格差的眼光，她只希望有人能理解她，理解阿雲，理解一個個在浮世浪花中的女子，隨波逐流並不是一個選擇，而是唯一的出路。

桃花偶爾提到自己的父母，就是住在清水町，窮苦了一輩子，沒幾年就把女兒的賣身錢全部吃空的一對傻夫妻。

「想，但是他們現在更想我的錢。我現在每個月寄回去的花用，足夠買齊他們的思念了。」

桃花略帶抱怨地說：「他們最珍貴的寶物是錢，不是女兒。」

「哇哈哈哈，窮怕了，是嗎！別氣別氣，我最珍貴的寶物啊，別氣了！」

王董給桃花斟了一杯酒。桃花那張由赤轉粉，羞著臉，小口小口將酒啜盡。

「打擾了。」又從廚房拿了兩壺酒來的阿雲，剛好在紙門外聽到他們的談話，心裡頭很不是滋味，但還是等到裡面都沒聲音了，才敢出聲開門。當然，阿雲只是替桃花不捨，對王董盧舍或是其他什麼董的，其實都沒有特別厭惡的感覺，畢竟都只是來交關的客人。但是也沒有特別的好感就是了。

桃花自己常常講，她還長不到門把高度的那個年紀，就看著那時候山水閣的頭牌，看得她一臉羨慕。

「嗯，我記得啊，那時候是一個叫萬紫的，跟著另一個叫千紅的一起拜在同一位北管老師門下，反正也是很得素春的疼啦。後來啊，她好像跟她妹妹一樣，都嫁到台北去了。只是那個萬紫的命，比跳槽到春紅樓又先嫁去台北的千紅還要好。都四處打聽來的啦，在那些頭牌紅人波瀾壯闊的人生裡，我們只是看戲的。」

別說嫁得好或壞了，那個年紀進來山水閣的桃花，什麼都還不懂呢，只知道屋裡的花兒香，窗外的鳥兒噪；月兒彎彎，風兒來時衣鬢隨著飄。什麼東西在她眼中，都美得冒泡。素春只給她開了一扇織錦與金欄的繡滿天井與地板的樂園之門，從未告訴她樂園深處，遍佈腐菌與泥苔，一個不小心，就會被吸到最深最深的淵藪中。所以桃花每次都只會看見出張的萬紫小姐，萬人擁戴，讓阿雲服侍著穿上了紋樣華麗、構圖誇張的和服，在五人甚至十人隊伍行列的陪同下，惹得一群沒本事上山水閣只好趁花魁道中一睹萬紫容顏的男子，簇在那裡囂鬧。桃花想著自己有朝一日也穿上那樣的衣服，走在路上招人羨慕，所以拜託素春阿母教她更多東西，素春看她肯學，就從自己最拿手的唱歌開始教她，一字一音提攜著教。

「你會唱端唄嗎？我記得素春年輕的時候很會唱喔。」王董低頭瞰著懷裡醉意漸濃的桃花，當王董這樣問起的時候，同時也斜眼瞄了一下剛把酒壺放到溫酒器裡的阿雲；阿雲看一眼，便知道王董的意思，趕緊坐起身來，轉身到屋外去。

不一會兒，阿雲就端著一把黑檀木蒙上純貓皮的長唄三味線，玳瑁的琴軸在昏黃的洋燈泡底下，透出了瑰麗的色澤。

「來吧，唱一小段也好。」王董央求桃花唱一小段端唄。桃花推辭不了，從阿雲手上接過了三味線。

理了理弦，桃花雖然有點醉，但耳朵還是很靈敏的調好了音，便開始悠悠唱起了端唄。阿雲還記得那天唱的是〈梅花開了沒〉，極為通俗的曲子，每個晚上至少會在山水閣聽到一次，而整個新町更是從春唱到冬，滿街都會有酒客邊哼著這首歌，靠在牆邊小便。雖然是通俗的流行歌，但桃花卻很巧妙的把自己的花名給安插進去。她把本來是「飄搖的柳樹任風款擺」，唱成：「梅花開了沒，櫻花還沒呢，飄搖的桃花任君擺佈，山吹花沒個定性，啊就是這樣吧。」

「好好好，把「風次第」唱成了「君次第」，桃花果然不簡單！」王董高興地又再向阿雲注文兩壺酒。

「不能再喝了，再喝就唱不出來了。」桃花撫著琴弦在那裡討饒。

「你不用喝，我這兩壺酒，是配你的歌聲的。再唱點什麼吧！」王董要桃花隨意選些歌來唱，桃花笑出了一團粉潤的花色在臉上，掃了掃弦，便開口唱。

端唄、都都逸、浪曲，甚至還來了一小段的落語，桃花把她會的日式曲藝都展了一遍。王董不是內地人，但他從小就聽膩了南北管，倒是覺得日本內地的這種歌謠、小節頗有情趣。

「來，喝口茶吧。」待桃花唱完了一支〈木遣崩〉，王董要她休息一下。

「多謝王董仔。」桃花將三味線橫擺在榻榻米上，全程都守在旁邊阿雲，順手將三味線抱起，轉身正待要離開。

「等等阿雲，你也忙一天了，來，也來喝一點吧。」

王董卻留她下來。

「是，多謝王董仔。」

「別謝別謝，我還得要謝謝你們陪我。我跟你們講啊，我這個人啊，也是一路苦過來的。所以你們的辛苦啊，我其實都很曉得，啊！」帶著酒氣，王董把他心煩的事情，一一訴給了桃花跟阿雲。

有兩艘載滿了舶來洋貨的船，從長崎出發，途經基隆，輾轉來到安平。

王董訂的一批貨就在船上，當港口的商行通知王家去取貨的時候，已經很久沒親自出馬到港口點貨的王董，這才發現他的會社出了內鬼。本來應該是七十疋布、二十斤燒桐木、五十多斤薄鹽鯖魚的訂單，現場去清點的時候，變成一百七十疋、一百二十斤、一百五十多斤。王董想說會不會是有人誤撇了一橫，導致訂單錯誤，但核對貨物的總到件數量，卻毫無半點差池。

「我已經兩年多沒有親自去港口點貨了，都交給底下的人去辦，那天啊，剛好是商行的人來家裡拜訪，提到點貨的事情，我也心血來潮，就跟著去了。」王董邊說，其實也正在一點一滴地回想這多出來的百位數，是誰又是為了什麼而加上去的：「貨款也是帳房在結，每個月的收支都很正常，微幅成長，所以我就兩年多都沒去理會那些進出貨的細節了。」

做生意啊，阿雲哪裡懂！她也只能嗯嗯哼哼地應和著王董。

但桃花卻可以插得上一兩句嘴，而且分析得很有條理：「應該是利用阿舍你的名氣夠響，就這樣搭順風船多帶一點貨，然後他們底下的人自己分批轉手賣出去了吧！」

「哇，桃花，你真不簡單，連這種都讓你想得到！」

「不然也沒有別的可能了，不是嗎？」桃花給王董斟了一杯酒，斟完，也舉起自己的杯子，讓王董給她回敬一杯。

「是啦，我就問帳房管帳的，一路問到聯絡船期的，他們才坦承，已經用這種方式，賺了大概一年左右的利潤。」

王董沒有要他們把利潤吐出來，畢竟王董其實沒有太大的損失。但相對的，王董也不願讓這件事情演變得太過頭。如果嚴格算起來，王董批准的貨單上，都是先有訂貨數量，那些貨單有了王董的批准跟蓋印，就會送到海關去呈報；換言之，王董當時批准的數量，跟後來實際到港的數量不符，如果硬要算得清清楚楚，甚至不惜報警抓人的話，那王董頭一個就會被當成走私犯了。

「王董仔，你真正辛苦了。」桃花舉了杯，阿雲也跟著舉杯。雖然兩個人都是喝茶，但王董不計較，跟她們一起乾了。

「跟你們講這些喔，真的是找沒人講了。唉！」王董抬起頭來，看了一眼山水閣的天井。純欅木的天井，映著洋燈泡的光，那顏色暖得王董落下淚來。

「王董仔。」算算，跟王董結識至少有五年餘，這還是桃花頭一次看見王董的眼淚。她把和服的袖子翻到手上來，輕輕地在王董的臉頰上擦著。

阿雲也覺得事有蹊蹺，仗著自己不是陪笑的料，出口便問：「不是還有夫人跟二夫人嗎？王董仔可以跟她們參詳啊。」

王董搖搖頭，垂皺了眼皮底下，是一雙昏老的眼，盈著一圈淚水。

「事情就是我那個二夫人佳代子搞出來的啊！」

王董從內地迎娶佳代子那天，附近的商人都來向他道賀。他的元配秀鸞，雖然不樂意，但也是跟佳代子處得還算和平。王董很感謝秀鸞的諒解，他們唯一的女兒春子，三歲就夭折了，之後遲遲沒有產下一兒半女；如今佳代子腹中有喜了，讓她來替王家延續香火，也是天經地義的事情。

王董自認對兩位夫人都很公平，秀鸞吃齋唸佛，佳代子改不掉吃菸，他都盡量滿足她們的生活需求。

「但是佳代子的菸癮愈來愈大，已經兩個月身孕的人了，怎麼都勸不聽。」王董只好跟佳代子約定好，十個月不要抽大菸，順利生下孩子之後，王董會把公司一半的業務跟股份，都歸到她名下：「她是很聽話的忍耐了十個月，但十個月之後，也不知道是憋太久還是怎麼樣，變本加厲地幾乎快把我的老本都賠在抽大菸上了。我想，就是這個緣故，她才鋌而走險，決定用走私的方法，來賺更多的錢，讓她可以抽大菸吧。」

莫可奈何，王董嘆了口氣。他只慶幸佳代子生的兒子很健康，而且秀鸞也很疼那個孩子，佳代子抽菸抽到不省人事的時候，都是秀鸞在照顧他跟佳代子的兒子：「不好意思啊，這麼好的月色，卻跟你們講這些。」

「沒關係啦，王董仔，有心事就是要說出來啊！」阿雲這麼勸他。

「還說呢，就是你最口無遮攔。」桃花嗔罵了一聲。王董看著聽著，也就抹去了淚水，哈哈大笑了幾聲。

「說到孩子，聽說，山水閣最近是不是也收養了一個孩子啊？」

「王董仔怎麼知道的？」

「剛剛上來的時候，就有人說什麼餵奶啊包尿布的？而且其他人也這麼說，說山水閣最近晚上都可以聽到嬰兒的哭聲。想想還怪恐怖的不是。」

「你看！都是你啦！」桃花又再唸了阿雲一句。不過這些都是鬧著玩的，阿雲也知道，客人想看的就是藝妲們互扯頭髮叫罵著。

「啊？阿雲你什麼時候偷生的！」

「不是啦，一個遠房親戚。」

「嗯？怎麼有遠房親戚把孩子托到茶店仔來？老父老母是在想什麼？」

「喔，不是啦，那個孩子的雙親，遇到一點事情。好像都不在了。」

「這麼可憐！男的女的？」

「男的。」

「那，以後山水閣就有龜公了嗎？」

桃花拍了拍心情漸漸轉好的王董，笑道：「王董仔愛說笑，那是別人家的小孩，有一天會接回去的啦。」

說是可以幫山水閣多添一份人手，也只是當時為了要勸素春阿母把嬰兒暫且收容下來的說詞。桃花跟阿雲都不希望這個孩子就此與山水閣結下不解孽緣，最好在懂事之前就被他們的其他親族接回去，過上正常小孩的生活。

「真的嗎？沒有老父老母的孩子，哪還會有誰記得呢！」王董也不知道這話是說真說假，說完自己也是哈哈大笑。

桃花卻看了一眼阿雲，阿雲尷尬得臉上青一塊白一塊，像是想起了自己的身世，又想起來剛被賣進山水閣的日子。

但是王董真的說得沒錯，半點不假。

阿雲遠房的姑婆前腳剛走不久，心裡頭滿是疑問的阿雲，跟素春商量了一下，就隨手抓上了一件黑罩衣，包攏著全身，悄悄地跟著姑婆走一段路。阿雲想知道，她那些無緣的親戚究竟是住在哪裡，為何放她一個人淪落在外，卻那麼重視一個還不到一歲的娃兒。就算重男輕女，也不至於如此！

一路從新町，經過浜町、泉町，自稱是阿雲姑婆的那位老婦人，沿著南門町，緩慢地前進。阿雲躲在亭仔腳，雖然天色晚了，但過路的人還是有不少，料想姑婆就算回頭，自己黑衣黑褲的，也應該不會被識破。

姑婆的路線一筆直，穿過幸町綠町，走了這麼一大段路，就只是為了把一點血脈骨肉留個根，看著姑婆垂老的身影，阿雲心裡頭稍稍有點釋懷。男孩是無罪的，如果那個男孩真的是自己的親戚，阿雲也應當盡心力把他照顧好才是。不管惹到多麼厲害的仇家，誰都想不到，這唯一的孩子會被寄養在新町的茶店仔貸座敷裡。終於，姑婆在圓環拐了個彎，一路往北走，略過了高砂町，還有桃花小時候住過的清水町，姑婆走到了差不多就是壽町的地界。阿雲看著姑婆愈來愈小心謹慎的腳步，就知道差不多要到了。姑婆走過一座橋，過橋的時候還不時四處張望，最後，在橋頭一間四層樓的洋房前停了下來。姑婆敲敲門，門裡沒問是誰，就把門打開來，有兩個穿著一樣款式深藍色唐衫的中年男子，迎接姑婆進去。

姑婆被那兩個中年男子，鞠躬彎腰的迎進門內，好像實實的兩個巴掌打在阿雲臉上。那畫面衝擊了阿雲，原來她還有個這麼氣派的遠房親戚。縱然是懼怕尋仇而不得不將孩子送去寄養，那當年呢？當年阿雲家裡可沒有什麼仇家，就是貧病潦倒，不得不賣身葬父母，這些親戚怎麼沒挺身而出？

「你有記下來是哪一間吧？」按照阿雲的回想與說詞，這間壽町橋頭邊的四層洋房豪宅，就是陳文龍的家、李昭娘無緣的婆家。

「嗯。」跟蹤完姑婆的阿雲，再回到山水閣的時候，精神已經相當委靡了。

「改天我陪你一起去吧。說不定，你有機會比我更早離開這裡。」

桃花眼底露出了一絲光華，那是不是月色的皎潔打映在她眼珠子上？阿雲知道，像桃花這樣惹人憐愛的女子，世上再無第二個了。就像夐黑深夜裡的那輪滿月一樣。

六、婚宴上的陳文龍

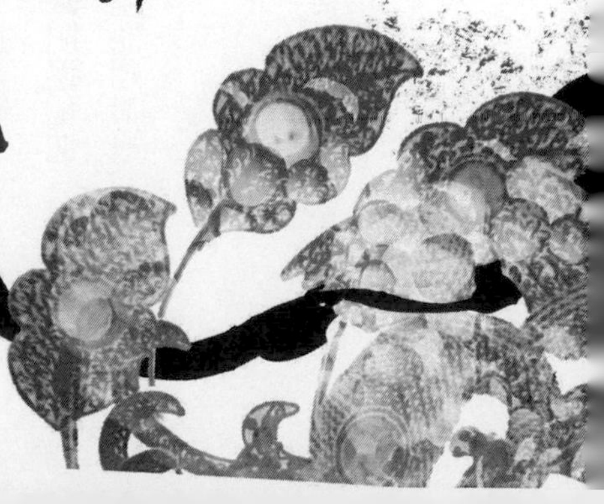

聽完了阿雲的自白，已經能歸納出李昭娘跟桃花這兩個女子的關聯性了。說關聯性其實也不完全對，但可以確定的是，這兩名女子，恰好都與壽町陳家有關係。探查陳家，看似已成為當務之急了。

「是不是明天就去陳家？線索應該就在那裡吧！」我闔上了前後各寫有素春跟阿雲口述內容的筆記本，間錯著有一些林得和肉粽文仔的證詞，就向在座所有人說出了我的結論。特別是田邊，我希望他能利用警署的資源，幫我們找到更多證據，好讓李昭娘跟桃花的案件可以偵破。

「倒也不盡然。」

一旁冷然面對著現有證據的律師，卻一口反駁了我的結論。

月光從本堂的木窗格子細細灑落，隨著時間慢慢晚了，那月色也更為稀薄，好似被雲霧愈掩愈深。偶然，才有一兩道月光，打照在木雕佛祖臉上一陣白。有風徐徐，律師背對著佛祖，也是一臉蒼然的他，正面對著大家，聽取所有人的意見；肉粽文仔坐在律師的正前方，我跟田邊怕他跑掉，就守在肉粽文仔的左右邊。作為證人的林得跟阿雲，坐在田邊那一側，交換講述他們眼裡所見到的桃花。

「不然？」

「把前因後果整理一下，陳家是有問題，但似乎不能解決桃花的事情。」律師直接指了一下肉粽文仔：「陳家老太太找你幫忙的時候，應該非常驚慌吧！」

「看起來是有稍可緊張沒錯，但是她還是直直說多謝。」肉粽文仔記得很清楚，陳家老太太平時嘴巴又毒又辣，可是那一千圓幾乎是雙手捧到他臉前來；說也奇怪，當她派了人，把李昭娘接回去之後，陳老太太低調得近乎下氣，頻頻向肉粽文仔鞠躬。生怕他把消息走漏出去那樣。好像心底一塊大石頭落了地，踏實的，吁噓嘆了幾口氣。

「把時間推回到二十六天前，李昭娘去予趕出陳家，那個時陣所有的事件攏還沒發生。」清藏律師從懷中拿了一張白紙，跟田邊借了支鉛筆，畫出了一條橫線作為時間軸：「之後過了十五天，這十五天內，陳家知道肉粽文仔你佇接濟李昭娘，所以拿了一千圓，共你講，他們已經約了李昭娘在海邊見面，要你將錢轉交給她。」

「是，是這樣沒錯。」

「嗯，那我來問你，陳家派人來找你的時陣，你有外久沒見到李昭娘了？」

「差不多只有一天吧！我前一天半暝，亦送兩顆沒賣完的肉粽予伊。」肉粽文仔邊把他見到李昭娘的時間交代清楚，律師也在時間軸上做記號。

「那李昭娘是你親自約到林投樹下的嗎？」

「不是，是陳家說他們會約好，叫我拿錢過去等就好。」

律師笑了一聲：「你不覺得奇怪？他們既然都能約到李昭娘了，還欲你拿錢予伊作啥？伊為啥不自己將錢拿予昭娘呢？」

「這，我真正沒想過。」

律師皺起眉頭，想到這關係著田邊作的筆錄內容，便開始用田邊也聽得比較懂的日文解釋著。

「就是陳家殺害了李昭娘，所以才要用這種手段來掩蓋他們的罪過啊。讓你們都相信，那只是李昭娘一個人在外頭活不下去了，選擇走窄路而已。地上的嬰兒，實際上也不是嬰兒，嬰兒早就被送進山水閣裡了。」

「啊？」田邊嘴張得老大，但靜下來想，律師似乎也沒說錯。

因為警署沒有接獲相關報案，深入調查也不知道最近有什麼命案，所以壽町鬧鬼的事情，只能一直懸在那裡。

「所以現在壽町的女鬼，也是陳家在搞鬼嗎？」我也曾聽過類似的傳說，某些鬧鬼的事件，或者鬧鬼的屋舍，其實都只是兇手歹徒用來掩人耳目的手段。假使有一棟房子，藏滿各種財寶，最好的保護方式就是去造謠，說那棟房子鬧鬼。陳家想必也是這樣，利用鬧鬼來混淆視聽。

「最不可能自導自演去搞鬼的就是陳家。」律師搖搖頭，再度打住了我的推論：「陳家希望這件事情只有肉粽文仔知道就好，他來當唯一的證人，所以低調地把李昭娘葬在我們不知道的地方，對吧？這樣的舉動，怎麼可能再去搞什麼女鬼買肉粽的事情，而且還專程找上肉粽文仔呢？女鬼事件，完全就是有人想替李昭娘申冤。肉粽文仔，你應該知道是誰吧？因為只有你知道李昭娘死掉的事情吧。」

肉粽文仔猛搖頭，但又擺脫不掉知情不報的嫌疑，加上他前科累累，現在是說什麼都沒人相信，卻被逼著一定要說些什麼讓人相信。

我看著他不知所措的目光，就請律師先饒過他這次：「他不想講，也沒關係，律師啊，你就繼續破解他想要隱藏的祕密，到最後他也就不得不講了。」

律師點點頭，便繼續說下去。

「首先，李昭娘被趕出去的時候，絕對沒有帶著小孩。陳家老太太視兒孫如命，怎麼樣也會把李昭娘的兒子搶下來，李昭娘一個人孤身在外流浪了半個多月，有賴肉粽文仔你的幫忙，她可能有點希望了，就決定要回去陳家搶回她的小孩。這當中發生了什麼事情，我們目前還不知道，但一定就是她回去的時候，被陳家人殺掉了。是老太太殺的，還是陳文龍、或家丁殺的；誤殺還是蓄意，我們都先暫不討論。總之呢，陳家殺掉了李昭娘，除了陳家，全府城本來只有肉粽文仔知道李昭娘死了。」律師說到一半，看了一眼田邊，問他：「你之前有說過，這一年下來，最嚴重的命案就是今天我們在討論的，對吧？」

「是！」

顧慮到還不想讓肉粽文仔知道桃花的事情，啞謎就順其自然地繼續打下去了。肉粽文仔聽到耳裡的，一定以為這個「最嚴重的命案」是指李昭娘的事情。

「那麼，阿雲，你聽到陳家姑婆，其實也就是昭娘的婆婆所說的那個男嬰兒的父母被仇家殺掉的故事，顯然就是謊言了。相信你在跟蹤完姑婆的那個晚上，也對這個孩子的家世背景感到疑惑了吧！」

「是。」阿雲說：「我是不知道府城這一年有什麼命案凶殺案，但我知道姑婆老遠把孩子寄養過來，理由一定不是她說的那樣。」這是一種直覺，當然也是她在山水閣練就的觀察能力。

「你從哪裡看出來的？」

「如果是可以拿出幾百塊來支應托兒費用，又住在那樣豪華的新房子裡，還會有什麼天大的冤仇不能用錢擺平？就算有，我看住在壽町橋頭陳家的人，應該跟內地的官員都有來往才對。」阿雲所說的，其實有一部分也是桃花幫忙分析後的結果：「像陳家這種有能耐的，把子孫送來藝妲間，未免太說不過去。送去內地請人托管，都強過送到山水閣裡來。」

因為怕陳文龍回來看到孩子，質問起李昭娘的去處，只好先把孩子藏起來。藏多久呢，就等李昭娘在外頭混不下去，自我了斷了，或是他們派人解決掉李昭娘了，再去偷偷把孩子接回來。陳老太太是萬萬不可能把這個金孫送離開自己身邊太遠的。

「你說得倒是不錯。這個陳老太太就怕自己的兒子來怪罪自己，所以早在把李昭娘趕出去之後，就把金孫也送出去了。李昭娘要回來討兒子，當然是不可能給她的，我推測，兩人可能發生爭執，不小心誤殺了李昭娘。因為誤殺，所以才要想辦法將她偽裝成自殺的樣子。」律師盡可能用有限的證據，推斷陳家老太太的行動：「可是要讓她死在哪裡呢？想到最近她跟肉粽文仔你比較熟稔，就選了林投樹叢這個地方，然後要你過去，讓你親眼看見李昭娘上吊自殺的模樣，還偽造了地上嬰兒布巾的形狀，有了你的目擊，陳文龍也就無話可說了。」

肉粽文仔知道自己是被利用沒錯，但沒想到被用得這麼深。如果是蓄意要殺害李昭娘，那麼就不用演這齣戲給任何人看，陳家早早就會準備好將李昭娘毀屍滅跡的手段，以及讓人看不出破綻的說詞；就是因為事情發生得太突然，陳家毫無準備，想到李昭娘每晚都會跟肉粽文仔見面，一旦有人對於李昭娘的行蹤起疑，怕是拿不出證據脫罪的。

也幸好，李昭娘每晚都會到肉粽文仔的攤子前面，討幾顆粽子吃，陳家才會想到演一齣戲給肉粽文仔看。只收買肉粽文仔一個人，是最簡便容易的辦法。

律師說到這裡，倒是被田邊打斷了：「那陳家為何不報警呢？如果是誤會，他們可以來報警，釐清問題，說不定就沒事了啊。」

田邊說的也有道理，如果真的是誤會，陳家可以報警，讓警方來判斷。一般來說，假使真的是誤會，是不會判什麼刑責的。

「李昭娘的屍體，是不能被你們勘驗的。」律師指著腦袋瓜，語重心長地說道：「有個致命的傷痕，會讓陳家無法脫罪。接下來就是有趣的地方了。」

「哪裡有趣？」肉粽文仔還不能從打擊中平復過來，他不可置信地看著清藏律師，居然會說這種命案有趣。

律師轉向阿雲，問她：「阿雲，你剛剛說，你還帶了什麼不該帶的呢？」

「喔，一張相片，跟一支五寸釘。」阿雲從她的口袋裡拿出一張照片，跟一支李昭娘死後第七天買的五寸釘。可是那跟一般的五寸釘不太一樣，那是一把紅銅打造的五寸釘。

「這五寸釘！」阿雲先是把東西都拿給律師，律師對那五寸釘沒什麼興趣，反倒是正仔細的在看照片；而我是還沒見到照片上拍到什麼，但是我看到五寸釘的時候，就已經知道那代表什麼了。

「果然，這就是有趣的地方了。」律師把照片拿給田邊，我和肉粽文仔都湊上去看，才瞄一眼，我跟肉粽文仔都大呼一聲。

「這不就是陳家娶媳婦那天拍下的照片嗎！」

照片上，有我跟肉粽文仔都認識的陳文龍與他母親，以及新婦李昭娘；有剛剛見過的桐生主任；還有肉粽文仔說的陳家家丁；以及，阿雲也指出照片中，有王董的身影。

「這位就是王董，他和陳家一直都有生意上的往來。」阿雲說：「昭娘離家出走的那幾天，王董說，陳文龍都有私下來請他幫忙找找看。」

我拿著照片端詳，恍惚之間有些事情，還是有些對話，差一點點就要浮出腦海了。一直盯著照片上的陳文龍，還有阿雲指出來的王董，我確信我在酒席上，的確見過這兩個人，也聽過他們的對話。內容是什麼呢？似乎是頗要緊的事情。

「怎麼了嗎？」阿雲說到一半，看見我沉思時嚴肅的表情，以為我在照片上看見了什麼。

「沒，你繼續，我只是對這張照片很好奇。」

「喔，好。」

阿雲就繼續談，王董跟桃花見面後，聊到關於陳文龍的事情。

陳文龍和其他的生意人不太一樣，他靜靜的，喜歡跟妻子出出入入，除非應酬需要，否則基本上是不去那些茶店仔貓仔間的。可也因為這樣，當李昭娘失蹤的時候，尤其是母親親口告訴他，李昭娘帶著小孩跟別的男人跑掉的時候，雖然千百個不相信，但他完全沒有一個可以求證或者諮詢的對象，他也不知道是真是假，像個無頭蒼蠅一樣，一有時間，就會問一下這些生意上的夥伴的意見。

「這支銅釘，是有一天晚上，王董拿到山水閣來的。」

王董拿銅釘跟照片給桃花看，主要是想借重她的人脈，看有沒有人知道李昭娘去哪裡了。

王董和桃花喝過幾杯酒後，就開始聊起陳文龍委託的事情。

「你也知道，雖然陳文龍他不常到新町來玩，但是他的幾個廠商或是同行，基本上都跟我一樣，三天兩頭就往這裡跑，所以想說你有沒有認識其他藝妲，知道說李昭娘的去向？」

王董轉述了陳文龍的意思是，雖然不想相信妻子外遇，但如果真的屬實，也只有可能跟身邊的一些熟人有關。

「陳文龍的妻子，是個嬌小溫順，從前都被養在深閨裡的傳統女子，給她一百個理由，都不可能跟別人私奔。這銅釘是陳文龍跟李昭娘的定情信物，當年他們認識，就是因為昭娘到陳家買銅釘的時候，兩個人剛好看對眼。你看，這張照片上面，他們手裡一人拿了一枝銅釘吧？照片看不出來顏色，但就是這枝。陳文龍說，李昭娘隨身都會帶著這定情的銅釘，陳文龍也是。這枝是陳文龍的，先放你這裡，你幫忙問看看吧。」

「王董交代的，我一定盡快幫你問出來。來，阿雲，這銅釘你先保管著，過幾天我們去出去問看看吧。」

桃花請阿雲把銅釘收好。而阿雲就這麼一直保管到現在。

「想必，你們應該有問出銅釘的下落了吧！」律師說：「就是桃花假扮成李昭娘，在壽町嚇唬這些店家。肉粽文仔，這女鬼其實就是桃花假扮的吧！」

肉粽文仔點點頭，阿雲也是。他們兩個互相看了對方一眼，雖然只有一下子，但還是被我瞧見了。

身型嬌小的桃花，憐惜同為淪落人的李昭娘，褪去了華美的和服旗袍，穿上慘白的破衫，在深夜裝神弄鬼嚇唬人。這得有多大的慈悲與勇氣啊！她在暗夜的昏燈下，看這那支情比金堅的銅釘，還有酣睡的陳家小男娃兒，渾然不知自己身處在什麼樣險惡的世道。毅然走入壽町的夜色中，要替李昭娘討回公道！

那可是桃花這樣的女子奢盼的歸宿，那是幸福的象徵，李昭娘的不幸，還有那個淪落山水閣的娃兒，彷彿刺在桃花的眼眸子上，每眨一次眼，就感到劇痛。如果李昭娘都無法獲得幸福，那桃花也好，阿雲也罷，還有誰有資格呢？

「這麼說來，阿雲你跟肉粽文仔認識？」田邊用不可置信的目光，瞪著私下交換眼神的阿雲跟肉粽文仔：「還串通起來，裝神弄鬼？」

肉粽文仔連忙否認，阿雲也急著澄清：「不，我們真的沒見過面。」

「是嗎？如果是桃花假扮成昭娘的冤魂，你們兩個豈有可能沒見過面呢？一個是昭娘的朋友，一邊是桃花的使用人，不要騙了！」看樣子，田邊也受不了肉粽文仔的慣性說謊了。

「不，肉粽文仔這次沒說謊。他們兩個真的不知道對方。很剛好，兩個人都被捲進事件裡而已。」律師罕見地幫肉粽文仔緩頰，並替眾人分析一下事件可能的情形：「順序大概是這樣子的……」

李昭娘的屍首被肉粽文仔發現的那天，肉粽文仔拿到了陳家給的一千圓，但是他已經連著十多天，都聽李昭娘訴苦了，想必應該是同情李昭娘吧，他不敢花用這一千圓，反而想用這一千圓找出李昭娘真正的死因；另一方面，桃花接受了王董的委託，也要去幫忙尋找李昭娘。一個問死，一個求生，都是要尋找關於李昭娘的線索，所以兩人的腳步就這樣被綁在一起。

「我認為有個樞紐，促使這兩個人的行動有所接觸，但這個樞紐我還沒釐清，我先就我覺得可能的方向來談。」律師認為至少還有一個人，在這起事件中擔任橋樑的腳色：「以肉粽文仔的本事，單憑一百圓就要說服一個老闆說謊，只為了一個陌生女子就去跟陳家對抗，是不太可能的；拿一千圓去找十個老闆，那也是荒誕的想法。至於桃花，她奮不顧身為了一個不相熟的女子去扮鬼，絕對不僅僅只是悲憫李昭娘的身世而已，她一定有更關鍵的動機，讓她選擇在剛好山水閣夜不留客的這段期間，或者說，這個夜不留客的設定，也極有可能是她的計畫之一，犧牲自己休息的時間，就是要老遠跑到壽町去裝神弄鬼，應該有比慈悲心更強烈的動機。」

「這個樞紐會是誰呢？動機又是什麼？」田邊只是低聲唸了兩句，其實他應該跟我一樣，一點頭緒都沒有。事件發展到目前為止，雖然兩個女子的關係已經確定了，但動機跟原因，還有昭娘的屍體跟桃花的死因，依舊是謎團一片。

見肉粽文仔跟阿雲沒有要反駁，但也不願意說出他們究竟是找誰幫忙，律師便起身來，說道：「天色不早了，這樣吧，我們明天一樣約在這裡，我跟田邊會去蒐集一下資料，你們也回去想想看，有什麼還沒說的。我希望你們知道，如果不把事情說清楚，這案件不會有結果，你們也會一直被警察找麻煩的。」

話說至此，肉粽文仔是已經無地自容了，而阿雲也低著頭，不發一言。阿雲比肉粽文仔更能理解嚴重性，假使桃花的交際對象都撇除關係，也利用一些事證物證去證明了他們的清白，那桃花顯然就是因為扮成女鬼，而招來殺身之禍。照著這個線索下去，肉粽文仔跟阿雲，還有在背後協助的人，遭殃只是早晚的問題而已。

「走吧。」

「嗯。」

田邊與眾人也正待要起身，但聽得本堂外忽然一片暴雨傾盆，嘩啦啦打得屋瓦不斷作響。

「下雨了？」律師將本堂的木門一推，外頭的雨，便無情地隨著間間錯錯的風，刮上堂前來：「這雨太大了，你們要怎麼回去？是不是等雨小一點？」

我想到今晚的月光濕氣很濃重，這場暴雨並非毫無預兆。土壤早早就透出了玄機，宣告水氣的到來。這應該是入冬以來最大的一場雨了，律師退回堂內，關上木門。眾人一時困守愁城，不知如何是好。

「看樣子昭娘還不打算讓大家走呢。」律師故弄玄虛道：「你們該說的都說了嗎？那個在後面幫你們扮鬼的人，真是很讓人感到有趣，他居然還跑到林投樹那邊，去弄一些假的木屐腳印騙人。喔，還有那個用鐵鍊把樹皮刮剝下來的，也是加工上去的吧！昭娘的體型哪有可能把樹皮刮得這麼嚴重呢。那十間宣稱自己遇到女鬼而且受害的店家，剛好都有賣王董從日本批回來的貨吧，布料木料，或是米糧穀物之類的。只是他們都不是跟王董直接買，而是從陳家那裡轉手來的貨，對嗎？你們想用這種方法，來暗示女鬼的身分，跟陳家有關係，算是很聰明啦，因為的確把壽町得人嚇出一身病來，那種集體恐慌，吃藥當然是沒效的。」

雨聲沒有趨緩的意思。時間流逝著，眾人尷尬地坐在本堂內，等待雨停。不知道是一個小時還是兩個小時過去了，這時，堂外忽然有一陣光，遠遠地透過木格窗子打了進來。閃了一下之後，那光就緩緩消退。

可是在那陣光之後，卻遲遲未聽到轟隆雷響。

等了大概幾秒過去，木門卻先被拍響了。

「誰？」律師頗為訝異，這麼晚，而且下大雨，誰會跑來松本寺？

「田邊大人在裡面嗎？我是半助。」外頭的聲音聽起來很清嫩，但也很耳熟。

「喔，是半助啊！」田邊趕緊起身，幫外頭的人開了門。

門外站著的，就是下午守在櫃檯的那個年輕員警。他手裡拿著一柄剛收起來的濕漉黑傘，站在本堂廊前，臉上有好些水花，看樣子雨勢連傘都遮擋不住。

「怎麼這麼晚還跑來找我呢？」

「有兩件事情，呃。」半助看了一下堂內的眾人，他不知道該不該講。

「說吧，很多事情大概都說完了。先進來。」

田邊領著半助進來，他們一前一後閃身進了本堂，半助正待要關門，我才透過門縫看見原來半助把警車停在山門外，而車頭正對著山門，車頭燈就是我們剛才在本堂裡看到的光。

「說吧，是什麼事情呢？」

「比較急的事情，桐生主任希望田邊大人趕快到壽町去。」半助說壽町剛剛接獲報案，雨剛下沒多久，就有人打電話通報說看見那個女鬼出沒在壽町的街上：「這次好像蠻兇的，報案的民眾說，那女鬼在民家之間跳上跳下，然後不斷發出各種恐怖的聲音。」

「你們有派人到現場了嗎？」

「有，但我們一到，女鬼就不見。我們一走，女鬼就出現。」半助說，女鬼這樣跟他們捉迷藏，捉了好一陣子，回報給桐生主任，主任知道田邊正在處理相關案件，而且剛好又跟清藏律師一起，所以趕緊讓半助開車來請田邊跟律師出馬。如果再讓女鬼跑掉，那警署的威信就會在今晚隨著傾盆大雨，付運河向西奔流，一去不回了。

「好，那。」田邊看了一下本堂內的人：「警車只能坐得下五個人，這樣吧，半助你跟林得他們在這邊等，我跟律師，還有秀仁，我們三個人去現場。」

「等等，肉粽文仔跟阿雲要跟我們一起來。」律師說：「這就是在背後搞鬼的人啊，讓他們三個人當面對質，事情就簡單多了。田邊你開車載我們去吧。」

說完，律師戴上了斗笠，手裡提著他出門用的錫杖。

那柄錫杖出動的時候，就是律師要施展神通了，錫杖的銀製銅環不大，但杖身是很堅實的檀木，是一柄很好揮舞的神兵。

準備好要去抓鬼，不，是要去揪出搞鬼的人了。

七、仙公廟的良慧道士

那時，還沒下雨——

警署接到交番來的電話，希望派人到壽町協助時，大家都以為又發生了嚴重的命案。

「壽町那邊怎麼說？」桐生主任問負責接電話的半助。

「說是……鬧鬼。」

先是一陣銅鑼聲響，輕薄的鑼聲在屋舍之間飄盪。

不規律的鑼聲聽得人心焦躁，就有人走出家門外，看是哪個人，都九點多了還在那邊敲鑼。

壽町的作息比起其他熱鬧的地方來得早歇，店家開到十點已經是最晚的了。剩下的就是麵攤、肉粽文仔、兩三間可以叫酌婦陪酒的居酒屋。所以當九點半，大雨傾盆而下，伴隨著鑼聲開始在壽町街上飄蕩的時候，早就引起居民的抗議。

「是誰家死人！」

「較細聲啦！」

但顯然抗議是無效的，就在鑼聲愈敲愈響的時候，好像遠遠的，有一陣陣號角聲傳來。跑出來罵或者單純只是想看熱鬧的壽町人，也慢慢聚集到街上了。女鬼出沒的事情還沒退燒，但看了一下時鐘，距離傳聞中女鬼出沒的時間還很早，而且一直以來女鬼都是獨來獨往，偶爾被晚歸的人撞見；像這樣敲鑼吹角的情況，當然沒人想到會跟女鬼有關。

緊接著，就在眾人盯著天空，還搞不懂是誰在吵鬧的當下，一道身影，伴隨著集中了全世界的水氣，降臨在驟然來到府城的雨勢中，吞江倒海地，一個長髮白衣，身材短小，看不見臉孔面目的鬼魂，緩緩從天而降。

那女子的頭髮全都梳到前面，被雨水弄得滿頭凌亂。但是她的白衣在黑夜裡過分明顯，當她差不多飄至屋簷高度的時候，已經嚇傻了所有出來看熱鬧的壽町居民。她緩慢的飄前飄後，天際淺淺地傳來一聲聲：「肉粽，肉粽，燒肉粽。」

——半助說，打電話來的交番，已經冒著豪雨，出出入入幾趟了，現在壽町的門窗都關得嚴實，所有人都被女鬼嚇得不敢出門了。

車子一路在大雨中緩緩開著，邊開，田邊也很在意半助的說法。

「怎麼辦？如果我們一群人過去，那個搞鬼的人又會不見。」因為怕搞鬼的人再度躲起來，所以警車遠遠地只開到清水町，就停了下來。田邊知道自己如果在那附近被認出來，應該會讓搞鬼的人跑走。

「這樣吧，田邊大人你在車上等，我跟秀仁先過去。」律師說：「秀仁平常就會一個人在路上走，即使是下大雨的夜晚應該也不奇怪；我是一個和尚，趕著夜路要離開府城，也是經常有的事情。我們一前一後，應該不會引起對方的戒心。」

「嗯，那我什麼時候出去呢？」

「我會把那個搞鬼的人帶過來的。」清藏律師胸有成竹地振了振他手裡的錫杖：「相信我跟秀仁吧，我們沒問題的。」

「好，你們小心。」

我跟律師分成兩路，我撐著黑傘，走在前面；律師戴著斗笠，跟在後面。會走成這種陣型，當然是我當餌，手上有錫杖的律師負責掩護我。

從清水町走到開山町，大概十分鐘的路程，沿路有亭仔腳的，我們都盡量躲在底下。我不時走到亭仔腳邊邊，利用將傘打開的動作，看一下天頂。因為聽說女鬼從天飄下，又會跑會跳，我猜想跟這附近二三樓的民房應該有關。

專程跑到交番去報案的，是住在壽町的居民。他們說，當女鬼隨著大雨出現的時候，大家都嚇得趕緊把門窗關緊；做生意的店家也早早收鋪關門；這是他們第一次遇到女鬼這麼兇惡地作祟，有些人十多天來但只耳聞女鬼，從未親眼見過的，都嚇得背脊發涼。

也因為如此，警署的桐生主任才不得不正視這個事件。

我看了半天，除了雨勢浩大之外，空中貌似沒有什麼不尋常的地方。站了個側身，扭頭看一眼律師，他嘴巴嘛了兩下，要我繼續往前走。不明所以，我也只得乖乖往前多走幾步。

走著走著，我不時都在偷覷著對街的動靜，只聽得一聲嘩嘩嘩嘩，回頭便瞧見律師走到對街去了。到了對街後，他的腳步也漸漸緩了下來。

隔著雨勢，他摸了一下斗笠的前緣。

到了！

這是我跟他一貫的默契，摸著斗笠前緣，就是他要講話或是有所行動的意思。

我找了一根柱子靠著，背對著律師，但依舊不時地探出頭，注意律師那邊的動靜。就在我這麼一靠，赫然發現，我剛好停在秀泰米糧行的門口。就是那個送給李昭娘半斤米麩的店家。

同此時也，穿透了單調的雨聲，一陣陣鑼響傳來。半助說的號角也時遠時近地響著。

我仔細地聽著那鑼聲。雖然被雨聲惹亂了頻率，但可以聽得出來那面鑼，不是打更用的那種鑼。應該說那根本不是鑼聲，而是鈸的聲音。而且是法事上用的鈸。壽町的人應該是被金屬敲擊的聲響誤導了，以為是鑼聲，但我聽來更像是類似水鈸的聲音。

當我在細聽各種聲響的時候，那傳說中的女鬼，就以一種很緩慢，如羽毛飄落的幅度，從天上慢慢垂了下來，而且就是在我這一頭的店家門前飄盪。對街的律師當然也注意到了，但是他卻往亭仔腳裡頭站，在雨夜中，除非像我知道他的方位，否則應該是看不見他的。

隨著女鬼的出現，天空飄下了數百張，林家本舖的銀紙。我也才低頭注意到地上早就已經散落好多張林家本舖的銀紙了，看樣子，這次女鬼的出現，是很有警告意味的。

被雨淋濕的長髮遮住了五官，全身的白衣也服貼在那目測應該不超過五尺的身形上。女鬼沒有抱著嬰兒，當女鬼在豪雨中逐漸現形的時候，我真切地感到錯愕且恐懼。雖然已經知道，是桃花扮成昭娘，故意在壽町徘徊；但桃花死了，現在眼前這個女鬼，該不會是真的李昭娘在興風作浪吧？或者，這是桃花？

但見那女鬼用很緩慢的速度，在街上飄移。當她飄過一間店家門前，她就在下一家的店門口轉圈圈。她現在距離我躲藏的亭仔腳，還有三間店的距離，也就是說，我如果不離開，待會她就會照著這個速度，飄到我的正前方來。

我還沒有想法。

隔著下雨的街道，我正在等律師找出這個女鬼的破綻。如果是人為蓄意造假，律師一定看得出來，假使這是真的李昭娘或桃花，還是哪裡來的女鬼怨靈作祟，我相信他也一定有辦法應付的。有佛法就有辦法。

我把呼吸愈收愈緩，淺淺地呼吐，隨著女鬼愈走愈近，我乾脆用手掩住了口鼻。是什麼原因促使我這樣，我也不清楚。或許真的是對未知的恐懼吧。

直到，一種音調很高，藏在雨聲與鈸聲之間的呼喊，伴隨著女鬼的飄移，幽幽吐著。

「燒肉粽。燒肉粽。」

這沒帶男嬰出門的女鬼，跟這十天以來謠傳的形象有著很大的出入。

我還沒看出端倪，那女鬼輕移蓮步，往空中蹈了幾下，看似要向上飄浮的瞬間，清藏律師從對街的亭仔腳，踏了兩個箭步衝刺向我這裡來，大喝一聲，手中的錫杖往上直直一捅，但見那女鬼胡亂在空中亂擺瞎甩，好像被律師的法力震暈了一樣。

空中傳來一聲低啞粗礪的：「啊！」

聽起來是男人的聲音。

「快，快上樓去！」律師手中的錫杖猛力一扯，就把那女鬼給硬生生扯了下來。女鬼癱在地上，原來是一尊臉上只打著粗胚，還沒挖出眼目的木製傀儡偶。戲偶只做了半截身子，但是有用布條縫成的假腿，所以能做出飄然無定的感覺。

傀儡戲法這麼高超的人，一定非比尋常。

我轉身拍了拍秀泰米糧行的門，老闆不甘不願地只開了半扇門。

「誰？是誰？」

「緊開門，查某鬼走到你家厝頂了。」

「啥？你是在講啥查某鬼？」店老闆還擋著不讓我進，我猛一把將他推了一下，他一時站不住腳，站的門口露了個破綻，我就硬是猛闖進去。

「喂！喂！」

他從後面追來，還想抓住我，我趕緊上樓，只讓他撕破了一個衣角。

爬上二樓、三樓，這漆黑的空間裡，本來應該什麼都看不到。但三樓的陽台門全都敞開，角落邊一盞桌燈也還亮著，加上外頭殘餘的燈火投到屋內，只見那陽台邊，站個一個渾身黃衣的男子。

「還是被你們發現了。秀仁先生。」

「你！」

那黃衣男子往我這裡走了幾步，正好走到桌燈可以打照到的位置。

「好久不見了。」

那人居然是良慧道士！良慧是開山町仙公廟的住持，曾經接下一椿屠戶妻子殺夫懸案，自作主張把所有人證物證往自己身上攬，想憑著一己之力，替屠戶妻子翻供，但因為能力不足而且遭到警察的攔阻，甚至把事件搞得更為複雜，最後還不得不拜託清藏律師出馬的良慧道士，居然就是這次在背後搞鬼的人。

「怎麼是你呢？該不會你？」

「是啦，我又多管閒事了。想不到吧！」良慧道士似乎早就注意到我們在追查李昭娘的案件了，他顯得有點得意，擺了擺他那黃澄澄的道袍大袖。

「你說誰想不到！」樓梯間傳來律師宏亮的聲音，拖著錫杖正一階階往上來，而良慧道士看到律師，這才把臉上的笑容收斂起來。

「不管是開山町還是壽町，這附近，可以瞞過町民跟商家們耳目，演這種神鬼鬧劇的，也只有你有這種本事了。」清藏律師褒中帶貶地說：「要說真的沒想到的，就是沒想到你今天還敢出來！」

清藏律師在跟良慧道士交手的同時，我走進陽台，原來這一排陽台之間的間隔空隙都不大，以一個成年人的身高與腿長，一步就可以輕易地在樓與樓之間穿梭。良慧道士就是用這種方法，在住戶之間移動，所以他操縱的傀儡戲偶，每到一戶門前，就得轉一圈。其實是為了掩飾他移動時，戲偶不自然擺動的破綻。至於為何沒人發現位在三樓的他，除了驟來的暴雨，讓人們不想走出亭仔腳之外，良慧道士也利用女兒牆的高度，盡量掩去自己的身形。我看了一下對街的三樓，顯然對街的女兒牆不但比較低，而且對街都是兩層樓的建築比較多。良慧道士計算過方位之後，才選擇在這一排的三樓，上演這齣由老天爺協力贊助雨水的傀儡處女秀。

身為一個道士，他有如此火候純青的傀儡戲法，我也是毫不意外。破火煞的時候，就需要道士用傀儡來跳鍾馗。本來是可以道士自己扮鍾馗，但因為火煞是很凶狠的大煞，每次道士跳完鍾馗，都會遭逢各種來自超自然的反作用力，非死即傷，久而久之，破火煞的鍾馗就用傀儡戲偶取代。良慧道士不像清藏律師那樣有過法醫生涯，他是純正的道士，所有道士該會不該會的，他都盡量學會了，跳鍾馗當然難不倒他，傀儡鍾馗也不是什麼問題。

「看樣子，你早就計算好了嗎？用傀儡偶裝神弄鬼。」我看了一下癱倒在樓下，被雨淋濕的傀儡偶。那應該是特殊訂製的，單是絲線就長達兩層樓，偶身也仿若真人。

「不，我從來都沒有打算是哪一天，我只是把所有東西都先準備好，等待時機而已。」良慧道士說他的時機就是這樣的大雨：「我本來不打算讓這尊偶這麼快派上用場的，只是剛好遇上了這場大雨，戲偶絲線跟我都比較不會被發現。」

「但無論如何還是被我識破了，我見過的鬼雖然不多，但是連移動方式都這麼有規律性的，還是頭一遭。走吧，去見田邊，他見到你一定會很驚訝的。」

「走吧！」

良慧道士不閃不避，跟著我們走下樓，對秀泰米糧行的老闆打了個招呼，老闆也跟我們打了照面，沒有說多什麼，但眼神已經解釋了一切，他跟其他九間店家都替李昭娘的際遇感到無奈，如果可以，他們願意出庭作證，找回昭娘的屍首。道士撐起紙傘，跟我們走在大雨中的亭仔腳，一起走去清水町找田邊。

沿途，我當然還是問他，難道這十天來，都是他扮鬼嗎？那這樣跟阿雲與肉粽文仔的說法，不就又有出入了？阿雲跟肉粽文仔至少都承認扮鬼的是桃花了，怎麼變成是傀儡了呢？傀儡女鬼的作祟方式，顯然也不符合眾店家描述的樣子。

「不，一直都不是我負責。你們應該都已經知道為什麼要扮鬼了，我只是因為昨天晚上本來應該出來的女鬼，沒有如期出來，我花了一上午去找負責扮鬼的人，也毫無音訊。眼看著今天也沒消沒息了，所以才會用這尊傀儡戲偶，帶著兩個徒弟，特地來拜託這邊的商家，好幫幫我這個忙。」說罷，我們才抬頭看見那排女兒牆上，左右各站了一個穿黃道袍的人。原來傀儡偶的轉圈圈，是他們三人接力操偶造成的。

聽良慧道士的口氣，看樣子他還不知道桃花遇害的事情。

「特地來拜託商家幫忙啊。」清藏律師玩味著這句話的意思。

「是的，是的。」

回到清水町，田邊的車停在雨中，車頭開著燈，照出了清冷雨夜的一線光明。我們順著那道光明，走近前去。田邊也慢慢搖下車窗。

「咦？這不是仙公廟的良慧道士嗎？」田邊也還記得他。不過說得也是，祭祀呂仙祖的仙公廟，開山町這麼重要的信仰中心，不可能被忘記才對的：「原來鬼是你扮的，不是桃花啊？」

「桃花？她就失蹤了啊。」良慧道士探了一眼車窗，赫然發現阿雲跟肉粽文仔也坐在裡面：「喔，是阿雲，你知道桃花去哪了嗎？」

良慧道士這麼一問，我就看見車窗內阿雲的表情尷尬得扭成一團。頭幾乎要低到她的胸口去了。

「這。」

「等一下說吧，來，到前面的亭仔腳去，我們在那邊慢慢說。」田邊走下車來，把所有人都喊下車。相較於上次的狼狽模樣，良慧道士這次不遮不掩的氣度，倒是讓人有點刮目相看。

「對，是我們，再加上山水閣的頭牌藝妲桃花，總共四個人，弄了這齣李昭娘冤魂索命的戲碼。」良慧道士也不管肉粽文仔或阿雲說了什麼，他自己就先全盤托出：「肉粽文仔來找我的時候，拿了一千圓，他說他覺得李昭娘是冤死的，但不知道要怎麼伸張李昭娘的冤屈。我就給他想了扮鬼這個辦法。」

「你買通了那九間店家嗎？」

「沒有，我沒那麼傻好嗎！我也是會進步的！」良慧道士笑了笑，雲淡風輕的還了肉粽文仔的清白。肉粽文仔頻頻點頭，信誓旦旦地看著我跟律師。

「不對啊，如果不是你們用錢買通了，那怎麼會。你剛剛不是還說，拜託這些店家什麼的？」律師對於自己的推理遭到肉粽文仔的誤導，很是懊悔。他其實有料想到，就地緣關係來說，良慧道士出手的機率很高，而如果是良慧這樣的人，他應該會用買通店家的辦法，來破解李昭娘的生死之謎。

但沒想到完全不是這麼一回事。

「怎麼會剛好是這幾間店嗎？都是陳董的下游？」良慧道士覺得贏了一著，說話的樣子都輕浮了起來：「我告訴你，有很多事情，錢是買不到的！」

「嗯，是我疏忽了，桃花扮鬼，就是沒有買通那些店家的證據，扮了鬼就不需要買通店家。但是，那些店家都有一樣的撞鬼遭遇，這又是？」律師反推了他的證據，既然都已經買通了店鋪，請人出來扮鬼當然就是多此一舉了；至於銀紙的部分，律師拍了一下額頭：「喔！所以，店家是被肉粽文仔誤導了，還是被桃花嚇到了。或者，兩者都有？」

「這個，這你要問阿雲。」良慧道士說完，所有人都看著阿雲。

阿雲也就沒什麼好隱瞞的了：「是因為，是因為我們幫忙收養了那個小男嬰之後，桃花覺得事情很古怪，她就跟我到仙公廟去求籤，想問看看這個小男嬰的背景，占卜一下姑婆所言虛實如何。」

阿雲跟桃花趁著早上不用出張的空檔，離開山水閣，來到靈驗的仙公廟求籤。桃花求到一支籤，上面寫說：「忍辱偷生出雁門，琵琶別抱漢昭君，當初可恨奸臣計，一對鴛鴦拆離群。」

桃花拿著籤，去向良慧道士尋求解釋的時候，起初只是良慧道士自顧自地解釋，良慧從桃花的衣著打扮，大概講了一下她這輩子夫運不好，但姻緣善緣很多之類的話術。

桃花趕緊說：「這籤不是幫我自己求的。」

「那是幫誰求？」

「幫，幫她求的。」桃花便把阿雲推到良慧道士解籤的桌前。

「喔，那這籤詩的內容就是差不多這個意思啊，她可能有機會嫁給一個不錯的丈夫，但是有人從中作梗，所以好事難成，難成啊。」

「那怎麼辦呢？」阿雲說的，不是她想知道該如何改運，而是看能不能有個方向，替那個無父無母的孩子找條出路。

「解鈴還須繫鈴人，你得找到這個奸臣，找到奸臣，把誤會解釋清楚，大概就沒問題了。」

桃花跟阿雲聽完良慧道士的指點，兩個人竊竊私語了好一陣子。良慧道士看得出來的是，這兩個女子應該不只是為了這件事情而來，便主動提問：「我看，你們應該有更要緊的事情吧？是來找仙祖，還是找我呢？」

桃花被這樣一問，心裡頭大概是想說，這道士雖然解籤解得不算太中，但也是地方上有頭臉，說話有點分量的人，如果請他幫忙，應該可以問出小男嬰的身世，又不會影響到小男嬰的安全問題才對。

「所以桃花就跟我說了男嬰的事情，我當時雖然沒有立即地幫她解決問題，但隨後肉粽文仔找到我這裡來的時候，我就把兩個事件的關係搞懂了。」良慧道士說，他雖然沒有清藏律師那樣纖細的敏感度與運轉快速的腦袋，但是，一邊是私送嬰兒，一邊是密葬新婦，兩個人又是前後腳來找他的。再愚蠢的人都會曉得，所有問題的癥結點，就是在陳家。

「所以桃花自告奮勇，願意出面扮鬼？」我還是想不通，桃花可以幫忙，但幫到這個份上，於情於理都有點太過牽強。

「是，因為桃花是看在我的份上。」阿雲說：「桃花知道，我都有跟桃花說，說我被賣到山水閣之後，陪藝妲們過著送往迎來的生活，本來都已經習慣了；是因為平白跳出了遠房的親戚，一個沒見過面的姑婆，一個從未在我家最困難的時候，適時伸出援手的有錢姑婆，如今遇上麻煩，卻是毫不思索就丟到我這裡來。這個點，我怎麼樣都過不去。桃花說，既然過不去，那就把它理清楚，不只是惋惜昭娘，桃花更是為了我，才出來扮鬼，逼陳家趕緊出面，要陳家還給昭娘，也還給我一個本來應該五彩繽紛的青春歲月。」

「對啊阿雲，你還沒回答我，桃花怎麼都沒出現？」良慧道士問：「她昨天沒出現，今天也沒出現。這個跟說好的不一樣吧？陳家人要是知道，這鬼魂是假的，我們前面十天就前功盡棄了啊！」

聽到良慧道士這麼問，律師湊到田邊耳畔，低語了幾聲後，田邊點點頭。然後田邊就把桃花的事情說給在場的所有人知道：「今天，我們在這裡講的事情，就僅限於我們知道。可以嗎？」

「呃，可以是可以，但……」良慧道士還想說些什麼的樣子。

但是卻被阿雲搶先一步：「我說吧，桃花她在今天早上被人發現了，她死在虎尾林附近。」

肉粽文仔聽到之後，有點遲疑。他以為聽錯了。

良慧道士卻是羞慚不已：「是，是我們害了她嗎？兇手是陳家人嗎？發現我們的行動，所以把她給滅口了？」

「不，我們現在還不確定是誰下的手。」田邊說：「希望你們可以協助警方，把你們知道的事情都一五一十地說出來，我們會想辦法找出殺害桃花的兇手，並且也幫你們把李昭娘的事情弄個水落石出。」

良慧道士扶著額頭，有點恍惚：「報應，真的是報應。」

「什麼報應？」我不解，這些事情，似乎看不出來有什麼報應可言。

「你們剛接觸到這些事情，所以不曉得；我從肉粽文仔跟桃花那裡知道這件事情之後，我其實整整病了一天。」當良慧道士把肉粽文仔帶給他的消息，還有桃花說的事情都整理出脈絡之後，他發現了一個很異常的連結：「你們知道，桃花本家姓林，住在清水町的事情嗎？」

「知道啊，怎麼了嗎？」

「桃花的祖先，也是這裡的信徒，有個叫做林壽的有錢人，娶妻不久，早早死了，他家人用林壽的手尾錢，捐給廟裡一塊匾，希望林壽可以早日往生。」良慧道士要大家稍安勿躁，雖然整起事件都有點怪力亂神，但他還是希望能提供破案上的一些參考：「林壽娶的妻子，姓陳，住在壽町辜婦媽廟附近，林壽死後，他的妻子被強迫改嫁給一個姓王的傢伙，但他妻子不肯，就活活被林壽的家人給整死了。」

「這些事情的關聯是？」我不理解，良慧道士忽然開始說故事的目的何在。

「你沒聽懂嗎？辜婦媽廟附近，姓陳的。」

「喔，你說，就是現在的陳文龍他們家啊？」

「對啊！桃花的祖先，跟陳文龍的祖先，正好是姻親。桃花的祖先害死了陳文龍的祖先，現在正好冤冤相報，陳家向林家討債來了！」良慧道士一展他老本行的口氣，說著那些不該被田邊聽到的話。

不過田邊倒是笑笑地不置可否。他是在笑，本島人就是這麼迷信吧！

「那也不對，還有個姓王的啊！」不過，我才剛問完，就住嘴了。

「懂了吧！姓王的，就是桃花的大客人，且那候選人，王董。當年色慾薰心害死陳家媳婦，現在換林家人受罪。看樣子，再過個十年八載，就換王家人遭殃了！天理昭昭，報應不爽啊！」

就連清藏律師聽完這樣荒誕不經的事情，也只是笑笑。

「你果然還是你啊，良慧道長。因果報應如果都讓下一代承擔，那是不是多生幾胎，就可以分散風險了呢？個人吃飯個人飽，你這樣聯想當然是可以，但不必然；況且，他們這三家之間，有誰曉得祖先們的恩怨呢？恐怕事有湊巧，當年三家住得近，如今再有糾葛，也只是地緣關係罷了。」律師一邊解釋，一邊說到全案的關鍵：「不過你有一件事情講對了，你們出來扮鬼的事情，讓陳家人不高興，所以買了林得要玷汙桃花。這跟當年林家人羞辱陳家媳婦，如出一轍。陳家人的這個舉動，確實露出了他們的破綻。」

王姓陳姓林姓，三姓都可以解釋成上一代的恩怨報應；那麼，昭娘本家李家顯然就是這場祖輩之亂底下，最無辜的犧牲品了。

「我剛才聽你們說，你們沒有買通這些店家，其實我真的很有挫敗感。但我冷靜了一下，我大概理解了。」

「喔？你冷靜的速度還是一樣這麼快啊！」良慧道士有點調侃意味。

「是，拜這場大雨所賜。」清藏律師說他，終於弄懂了關於「壽町女鬼」的事件，爽朗地大笑了幾聲。

八、警署的桐生一馬

主任辦公室的門大大開著，談話與笑聲早在樓梯邊就能聽得十分清楚了。

田邊先我們一步上樓，禮貌性地敲了敲主任辦公室的門。

「進來。」桐生主任招招手，招呼田邊進去。

帶著資料，田邊獨自走進辦公室，轉身要將門關上之前，他對著在樓梯下等待的我跟律師指了一指，指向隔壁的一扇門，那是一扇緊臨著辦公室的小門，田邊示意要我跟清藏律師進去那個小門裡的部屋。

當他將辦公室的門一帶上，我跟律師只透過門縫看見桐生主任正與王董對坐著，在他們還沒注意到我們之前，就趕緊走進那扇小門裡。正如清藏律師所想，與桃花和昭娘的現實命運形成嘲諷的情況是，身為嫌疑人的王董卻被招待到桐生主任的辦公室裡，吃著雪花齋的糕點，佐以清茶一盞，和桐生主任正在笑談如何擁有兩名妻子而不會招致家庭不和的訣竅。

「王桑，這裡有你們會社的帳冊，還有山水閣的帳冊，我有幾個問題想請教一下。」田邊不顧桐生主任在跟王董喝茶敘舊，倒是一進門就先放了話，威脅的意味十分濃厚，而王董也的確被唬得停住了笑聲。沒想過田邊也有這麼強硬的時候，也許跟那群圍在警署與檢驗所外頭的記者連日施加的無形壓力，不無關係。

「桐生大人，你這個部下已經過頭了。加減一下！剛剛在車上就問東問西，我說了很累，說見到你之後，我就會把該說的都說清楚；結果現在在你面前還這樣跟我大小聲！」

王董惱怒的聲音，隔著房間都能聽得很清楚。

我跟清藏律師躲在隔壁的小部屋，那大概只有三疊榻榻米的大小，應該是作為主任辦公室的倉儲之用，堆放了些文件一樣的東西，和打掃的器具。而隔著主任辦公室的那面牆上，有一層很薄的木板，木板上，貼了一張小紙條，上頭是桐生主任的署名。

「幫我們聽看看，聽這位王桑的說詞是否值得採信。桐生一馬。」

桐生主任一邊卸下王董的心防，敬為上賓，一邊則委託我和律師，旁聽王董的說詞。看樣子昨天一晚上，桐生主任也是枯索愁腸，想方設法要趕緊把桃花的案子偵破。

我跟律師隔著木板，聽到桐生主任訓斥田邊，要他態度好一點。然後王董才開始娓娓道來，關於他帳冊上那些浮報與被隱匿的數字。木板後的聲量雖然都不算太大，但只要細心靜下來聽，語意大致上都算清楚。有時候王董講話的聲音小了，桐生主任還會大聲地重新覆誦他說過的話。

王董是桐生主任派田邊去請的，一路上，田邊不斷追問關於桃花的事情。可是當王董回問起桃花的近況，田邊卻又不肯明講。

「你又不說桃花怎樣，我是要回答你什麼？」

「桃花沒有怎麼樣，只是你最近有見過她吧？」

「有啊，我還常常見呢！怎樣！」

一直到桐生主任辦公室，這兩人還是不斷爭執。田邊故意不說出桃花的死訊，卻又頻頻拿桃花來挑釁王董；我猜這種戰術，應該也是桐生主任授意的。一個唱黑臉，一個唱白臉，更能讓嫌疑者吐實。

「好了，田邊你別鬧了。王桑，是否可以請你說明一下，山水閣的桃花是什麼樣的人？因為有個案件牽扯到她，但我們還不想打草驚蛇。」桐生主任都是用很丁寧的敬語體。這樣子跟本島人說話，倒不是因為王董有財有勢，而是桐生主任向來都是用這種方式，問出他要的答案。他不屑島上很多被謔稱為「四腳仔」的那種警察大人，用各種威逼恐嚇的方式對付本島人，他認為，自幼從內地習得的教養要展現出來，本島人才會服氣；本島人服氣了，那就無所謂治理、無所謂各種嚴刑峻罰了，本島人樂於賺錢做生意，才沒空去觸犯那些法條。

「喔！早說嘛，還一直問我跟桃花的關係！那你們是想知道什麼呢？」

「嗯，山水閣的老娼素春說，桃花不知道做了什麼事情，招惹到壽町的陳家。關於這點，王桑你有什麼看法呢？」桐生主任根據田邊回報給他的消息，包括王董拜託桃花替陳文龍尋找李昭娘、還有桃花扮鬼等線索，判斷王董應該對這件事情會有一點情感上的反應。陳家找上桃花，王董或許會以為是他拿了那枚銅釘給桃花，要她幫忙尋找李昭娘，才害她惹上麻煩的。

「好！我想，你們應該也從素春那裡聽到不少了，那我就直說吧。」

王董從他認識桃花的前塵開始說起，都是些美化過後的求歡陳詞，不足為聽，我也就沒記在筆記本裡了；直到他開始說起他贏取桃花芳心的事蹟，我一聽都是府城在地的有錢人在爭逐桃花，便開始勤做筆記了。這裡頭意味著兇手其實有更多的可能性，包括愛過桃花後來不愛了的，或是覺得被桃花欺騙耍弄過的恩客們，都是有可能殺害桃花的人。

「我跟桃花的關係，說穿了，也就是酒客跟藝妲的關係，剛好我算是她的旦那候補之一，或許你們就是因為這樣，才會覺得有特別偵訊我的必要吧。那可以換你們說說了嗎，桃花她究竟怎麼了？」

「桃花啊。」牆的那頭，田邊說話的聲音轉弱。我可以想像他正看著桐生主任，在尋求他的指示。

「桃花失蹤了。應該說，我們懷疑桃花被綁架了。」桐生主任用一種很堅定的語氣說著。

「所以，你們懷疑是我？」

「不不，其實是想請王桑幫我們想想看，有誰會對桃花做出這種事情。」桐生主任補充說明道：「陳家那邊我們已經派人去問了，是想問看看王桑，還有沒有別人，會跟桃花有關係。」

「嗯。據我所知啦，你們知道盧阿舍嗎？住在二林，家裡種花生的盧阿舍，那傢伙，是我的死敵，他老是想娶桃花，不計手段地罵我損我。我都知道，桃花雖然沒跟我講，但我從別人口中都聽慣了。你們可以去二林找他看看。」

我和清藏聽到這裡，不禁也有點詫異。雖然素春早就有提過盧阿舍，但這還是頭一次聽說盧阿舍住在二林，而我們所知道的那位住在二林的盧阿舍，曾涉入一起失蹤案，是我和律師重點追查的對象，為此我們還專程跑去二林查案。

不過那都是去年的事情了，再次聽到二林盧阿舍這五個字，不知是否事有剛好、名有相似，忽覺得良慧道士所謂的報應論，也並非空穴來風，說不定業力因果正在悄悄運作中，而人們不知道而已。

清藏律師當然也是記得的，他總是記得辦過的大小案件。盧阿舍的事件發生在二林，也是一起尋人案。那幾天來回奔波，曠時費日，如今想忘記也很難。

「那盧阿舍他人呢？」隔著木板，但聽得田邊如此問道。如果是我們所知道的那個二林盧阿舍，那田邊當時應該也經手過這個案子，他當然知道盧阿舍最後去哪裡了。顯然他是故意這樣試探王董。

「不知道，去年秋天過後，他就沒再出現過了。桃花說應該是回去二林了，但已經一整年沒消沒息了，也是頗為奇怪。」王董說他跟桃花都百思不得解。約莫半個月、最多也不過一個月，多少都會在山水閣打上照面的人，忽然就消失了。

「他在府城有房子嗎？不然他每次來不就都要買桃花的通花，還要租整天的貸座敷，未免太傷財。」

「我不知道，應該是有吧。我跟他也只有幾次剛好在山水閣碰到面。」王董說，他跟盧舍到山水閣，從未想過要點其他小姐的煙盤，非桃花不要；所以老娼素春也很聰明，她就讓桃花盡量跟這兩位阿舍約在外面，而且是主動邀約，約久了習慣之後，他們就不會突然跑來，自然也就可以錯開時間了。而同樣的方法，素春也用在其他想要點桃花於盤的李舍、田中君、細川君等富戶子弟們的身上。

「我其實有看出素春這個小手段，但我沒差，能見到桃花就好。」

「那你可以說說看，你昨天跟桃花見面之後，大概去了哪些地方嗎？」

「說來不怕你笑啦，我們都在貸座敷裡，哪裡都沒去。只是桃花前腳才剛剛走，後腳泌尿科的大夫就直接到辰巳幫我看診了。」

「嗯，是哪個診所的大夫呢？」明知道是誰，按照規矩，田邊還是必須從嫌疑人口中說出，才能紀錄為口供事實。

「是早稻田先生。」王董感嘆地說：「年紀到了就是到了，這整組用久了，常常都要這樣大修大整一下。」

「那他幫你看診，看了多久？」

「本來都是半小時，但是我的，唉，罷了，那天我特別感到排尿困難，尿都放不出來，只好又在貸座敷多待半小時。」

看樣子王董應該還不知道桃花的死訊，但是根據他所說的證言，和辰巳番頭所講的入房與退房時間相等，幾乎可以很確定地排除王董涉案的可能了。因為不管從時間上、地理位置上，都是辦不到的。

等他尿完尿，退了房，再走到虎尾林去，桃花就已經死超過一小時而且被乞丐們發現。可能也都報好了案！我將時間軸畫在筆記本上，王董、辰巳貸座敷、山水閣的素春，從這三方面追查，差不多可以將這些人從嫌疑清單當中抹去了。

清藏律師思及此卻不放棄，畢竟是最後一個與桃花交談的人，應該可以問出更多資料才對。他還沒將任何人排除在案外，一隻耳朵貼在木板上，頻繁地搖頭。

那邊是桐生主任問起了桃花失蹤當天是否有異樣。

「你可說說看，昨天桃花有什麼不一樣的地方嗎？」

「是，她說了件讓我很訝異的事情。」

「什麼事呢？」

「她昨天來，一見面就說要嫁給我。」

「嫁給你？你們以前都沒提過這方面的事情嗎？」

「有，但當時是我拒絕的。」王董應該是又想起了桃花的美貌，每個回眸倩笑，還有體貼的話語，讓王董幾度想娶她為妻。但他不願做一個逼迫女子的人，甚至給她當第三房這麼卑微的身分。

當王董這麼說的時候，我腦海浮現了那次婚宴上出席的王董，還有剛才在門關上之前，匆匆一瞥的王董。他已然灰白的眉髮，尤其那兩道愈來愈長的壽眉，雖是七十歲左右的人，但不駝不彎，聲音宏亮，似乎連上下樓梯都是氣不喘臉不紅；兩隻粗大的手掌，透過薄韌得快要能透光的老皮，可以看見熱血在裡頭竄。這渾然不像是一個七十歲的人的體能。

他如果真的要強佔桃花，無須假手他人，沒有什麼人可以攔阻他，更不必落得要使這種毀屍的毒計。

或許真的是大妻小妾令他顧忌，否則王董要娶桃花，沒什麼不可能。

「那你昨天聽到桃花她主動提出要結婚的要求時，你怎麼想的？」

「她一定是碰到了麻煩，再配上你們今天問的！」王董毫不猶豫地說：「雖然不知道是哪種，還是惹到鱸鰻之類的，她說這話一定跟她要離開山水閣有關。」

「嗯。那她除了說要結婚之外，還有什麼奇怪的地方？」

「大概就這樣而已了。」王董還解釋了一下他對桃花的看法：「我啊，我家裡有兩個不好惹的妻子了，我不可能讓桃花跟她們共處一個屋簷下，所以我跟桃花說，有什麼困難儘管講，她對我來說，只差是沒有拜堂娶進門而已。她也知道啊，所以有時候她跟我要東西，也不再像剛開始認識的時候那樣客客氣氣，倒是挺自然的。」

「她都要些什麼？」

「都有啦，和服啊、髮簪啊、香水香膏啦。」

桐生主任大概是掌握到關鍵了，他停頓了一下，轉而問起這兩位妻子的事情。也就如素春所說的，一個做田的大某和一個藝妓出身細姨，這兩個人都不好惹，但她們相處的時候卻能異常地包容對方，同心服侍王董一人。

「你的妻子們知道桃花的事情吧！」

「是，她們都知道。」

「那她們的想法是什麼？她們知道你送外面的女人這麼多東西嗎？」

「她們吃我的用我的，能有什麼想法！我也不是那種負心的人，我買給桃花的，她們兩人也都是一人一份。」王董很自豪地說起他腳踏三條船的心得，靠的就是兩個字：「公平。」

「所以，你兩個妻子的相處很和睦，一點不愉快都沒有嗎？」

王董細細地沉吟了一會兒，從這小部屋裡聽不太見他的聲音。正當我豎起耳朵要努力聽出王董的話時，突然，只聽見啪地一聲，好像是誰把書本丟在桌上，發出了擊打的聲響。

「沒有問題？那帳冊裡面是怎麼回事？」那是田邊從剛剛就維持一貫緊迫盯人的口氣。

「你是說？」

「佳代子做了什麼，你很清楚。她會這麼做，難道不是為了報復你嗎？用你的錢來彌補她的青春，作藝妓的應該也就是這樣想的吧！」

「哈！也不怕你查啦，對啦，佳代子瞞著我，走私了內地來的貨。怎麼樣？要罰款嗎？還是坐牢？桐生大人，你這個部下這樣真的很不行！海關那邊我都已經談好了，他還要拿這個來，啊，幹嘛，威脅我嗎？」王董愈說愈大聲，然而，這樣我就可以確定，他完全不知道我跟清藏律師的存在，所以才有這樣的膽量大放厥詞：「佳代子她想要幫我也幫她自己多掙一點錢，實際上，你也可是說是我批貨批得太小心了，她加上去的那些貨品數量，當月就銷售完畢，我的帳面數字翻了好幾倍，而且持續了整整一年有餘。這種好事情我自己不曉得，多虧了這樣的好妻子，上哪去找！」

「田邊，你先出去好了。去隔壁幫我拿早上交代給你的那兩份文件，拿到櫃檯去給半助。你就可以去忙你的了。」桐生主任大概是聽王董這麼說，知道田邊已經不能再戳出什麼真相了，就出面緩緩頰，將他請出辦公室。

「是。那我先離開了。」

木板那頭只聽見細細碎碎的耳語，好像是桐生主任在賠罪的樣子。

接著是辦公室門被打開的聲音，田邊從裡頭走出來，叩叩叩敲在大理石磚上的皮鞋聲響，然後就是我們這小部屋的木門把被轉開。

「田邊大人，苦勞苦勞。」我說。

「看這位桐生主任也是個心思縝密的人吶！」清藏律師也對他們這次的搭檔演出讚嘆有加：「他會想到用這一連串的方法來套出王董的話，倒是節省很多跟這種人對話的時間。」

「哪裡哪裡，桐生主任應該都問得差不多了，王董知道的事情很有限。你們聽得怎樣？」
「嗯，是可以相信的證詞。但是，那本帳冊的事情？」清藏律師對於帳冊很有疑慮：「也許可以找到，王董跟陳家的交易紀錄？」
「是，他們兩家之間的確有交易紀錄，是王董賣內地的貨品給陳家。」田邊解釋說道：「主要是日常用品，跟一些稍微高級的化妝品或酒之類的。」
陳家有很多商品，都是王董那裡來的；那麼壽町的店家，也就是王董的貨源在支持著。陳家賣到林百貨裡面的洋傘，其實就是王董，或者說是佳代子進口的商品。佳代子慧眼獨具，應該跟她早先在內地的藝妓生活經驗有關。
「嗯，所以，我的想法應該沒錯。桃花是同時遭到王家跟陳家兩個富戶的鎖定，才導致今日的悲劇的。」
「那要留住王董嗎？主任好像要請他回去了。」
「留著也沒用，我們需要更真確的證據。讓他先回去吧。」
「好。那就，等他回去的時候，再慢慢觀察他。」
「我們可能真的要去陳家一趟了，不過，這次不用像早上那樣，這次我們就一起行動吧。」清藏律師估算著時程，也差不多該收網了。
今天清早，我們分頭進行了不少事情。

天微微亮，昨夜大雨過後，水氣已經褪去不少，田邊接獲桐生主任的命令，開車去請王董到署裡一敘。這是桐生主任思考了一夜之後的行動，其實與我們在外頭奔走的結果約略相當。只是我們的焦點可能擺在陳家還多一些，桐生主任則一心放在桃花跟王董身上。昭娘與桃花的死亡之謎，應該是一體之兩面。

田邊開車去接王董。清藏律師則打發了阿雲跟肉粽文仔回去工作，要求他們不可以把昨晚的事情洩漏出去，然後要持續觀察身邊的人的動靜。尤其阿雲要注意一下山水閣的人，是否有人很高興聽聞桃花的死訊，或是相反地過度悲傷。肉粽文仔則是繼續在壽町進出，打聽其他店家對女鬼的看法。

另外，又請良慧道士，早早去開仙公廟的廟門，要他放點風聲。

「什麼風聲？太奇怪的我可不做喔！」

「沒有，你就說，這兩天，我會到海邊去招魂做法，以平息這位女施主的冤氣，希望所有壽町的人都可以出席參加，到時候也會跟大家結緣平安繩，帶回去綁在家門口，就可以常保平安了。」

「好，這個好辦！但是，你有確定是哪一天了嗎？」

「嗯，明天吧，今天還有一些事情必須要確認跟準備。」

我不可置信地看著清藏律師：「明天？一場法會要辦備多少東西，還要通知整個壽町的人。

再說，這也要警署核准吧？明天來得及嗎？」

「來得及！我們待會不就要去警署嗎？對了，良慧道長，明天亥時，應該是好時辰吧？」

「呃，我算看看。」良慧道士掐掐指訣，很快地排出了日時：「再好不過了，過了明天亥時，就要再等七天。」

「嗯，那就這麼辦吧，明天亥時。」

「那要幫你準備什麼嗎？」

「嗯，搭一個台，然後就簡單的香燭花果吧。」清藏律師從懷裡拿出一張清單。打從他被那些町民找上，要他出來辦場超渡法會的時候，就料到會有這天，早早寫好這張清單。根據我跟他合作多年的習慣，我看也曉得，那張清單本來是要寫給我去買辦的。

「那我呢？」我知道清藏律師都已經安排好每個人的工作了，乾脆直接問他，我要負責什麼。

「你去早稻田診所，問一下早稻田所長吧，看他還知道些什麼。我們就在警署會合好了。」

「好。」

事分多頭，當我從早稻田診所回來，也就是剛剛，王董正在警署樓上，主任辦公室裡接受桐生主任的款待。辦公室的門刻意地被桐生主任大開著，我跟清藏律師就躲在樓梯旁，仔細聽著樓上王董跟桐生主任的寒暄。

直到他們的會談結束，甚至還不到放飯的時間。

「王董那邊應該是問不到什麼重點了，那早稻田呢？」清藏律師問道：「早稻田是很關鍵的人物啊！」

「他不見了，整間診所都空了，剩下一堆雜物。」我之所以會這麼快就趕回警署，就是因為早稻田診所成了一間空蕩蕩的屋子，病歷與簡陋的醫療設備散亂一地，玻璃門也被砸了的大洞，牆上還被潑了紅油漆。

整間早稻田診所，好像被拋棄了一樣，一點人味也無。

「有點像是跑掉了，可是，這也才不到兩天，而且，聽剛才王董這麼說，早稻田大夫跟桃花應該沒有關聯吧？他何必要跑呢？」

「那就麻煩了。」

我跟田邊其實聽不出來，為何清藏律師這麼看重早稻田先生。他在這整場案件中，究竟是擔綱什麼樣的角色，我們姑且都還料不中；但清藏律師卻像是著了魔一樣，今天進了警署，聽完我說早稻田診所的現況之後，他就時不時地在問我關於早稻田診所以前的事情。

等到王董也走出主任辦公室了，聽見桐生主任恭送他下樓，稍停了一下，我跟清藏律師，還有田邊，才敢走出那間小部屋。樓下，但只見到王董臨離去警署的背影，頭也不回地離開警署。

「如何呢？」桐生主任靠近前來，點了一支菸。兩眼凝視著樓下辦公的警員們，側在清藏律師身邊問道。

「是可以信賴的。」清藏律師說：「不過，截至目前為止，我對早稻田的事，漸漸感到有點焦慮了。」

「早稻田？診所的早稻田先生嗎，他怎麼了？」

「聽秀仁說，應該是跑走了。」

「早稻田跑走了？」桐生主任跟田邊聽到律師這麼講的時候，也是很不可置信。早稻田先生是新町一帶還蠻知名的婦科兼泌尿科醫生，若說他跟新町的藝妲有什麼關係，也不會被當作玩笑，可是，就是這樣一個機會甚多的人，靜得像天上的星斗一樣，紋風不動，任何藝妲想買通他，讓他不要去通報藝妲下體感染的病例，都是徒勞無功的。

「嗯，整間診所連門都沒鎖，窗子被砸破，東西亂成一團，空蕩蕩的。」

「這就奇怪了。」桐生主任說：「早稻田診所向來都是風評不錯的，早稻田先生也是個醫術很好的人，他跟這次的事件，有什麼關聯呢？」

清藏律師從他的袖口袋裡，撈出了念珠，搯撥了幾下，緩緩地說道：「早稻田先生啊，在我眼中，他可是嫌疑最大的人呢！」

「嗯？」

我跟桐生主任，還有田邊，我們三個人都看著清藏律師發下的豪語，但腦袋不斷回想桃花昨天經歷的事情始末，怎麼想，都不知道早稻田先生跟桃花的死有什麼關聯。

「桃花的屍檢報告，應該待會就會出來吧？」

「是。但現在還有記者圍在檢驗所那附近，所以我們會派人開車過去取。」

「那，不如我們先一起過去檢驗所一趟吧。」律師說：「我們直接進去，看完報告就離開，不要讓任何資訊離開檢驗所。然後，就再帶著那群記者，往陳家移動。早稻田失蹤，那接下來所有的線索就在陳家裡面了。」

清藏律師打算讓記者包圍陳家。畢竟早先放出去的風聲，就說檢驗所裡的屍體跟壽町女鬼有關，而大家如果都對陳家媳婦的遭遇有一定的理解或猜測，那麼，出動大批照相機包圍陳家，也是遲早的事情。

大致上有兩派說法，一種是認為陳家媳婦已死，化作女鬼在壽町作祟。作祟的理由很簡單，就是陳家沒有好好祭祀她，按照良慧道士查證後的結果，陳家那位嫁給林壽的女子，叫陳守娘，是一位貞節烈婦，冤死後在府城六合境內作祟，把整個府城鬧得雞犬不寧。嫁進去作半個陳家人的李昭娘，也許死後從陳家祖先那裡學了什麼接令旗索人命的鬼通也不一定。

還有一種，就是自始至終都認為李昭娘找了一幫人手，正在幫她塑造冤魂形象，試圖藉此向陳家特別是陳老太太施壓，讓自己可以順利回去陳家，穩坐獨子長媳的寶座。

對比起來，當然還是相信前一種的人比較多。畢竟這裡是本島信仰極盛的地方，敬神畏鬼的人還是特別多的。

「這樣也是可以的，那，田邊，你開車送兩位過去吧，我等你們的消息了。」

「是。」

田邊發動了黑頭車，我跟清藏律師一起坐在後座。清藏律師把衣擺刷刷地履了兩下，車子才剛開出警署，他就要我拿出筆記本，開始將他所說的都抄錄下來。

「可以了嗎？好，那我就開始說了。」

田邊專心地開車，但時不時也接上一點話來討論案情。清藏律師手邊的線索雖然不少了，但他分析案情的方式，不是那麼一板一眼地講求科學，比較像從人際關係或心理狀態出發。

「我先說明。壽町女鬼的事情，相信昨天晚上這麼一鬧，你們應該也都知道大概了吧！」

「嗯，有人扮鬼是沒錯，但是，青仔欉變成銀紙呢？還有到診所去求助？三天兩天的上吐下瀉？」田邊說：「不管怎麼說，桃花扮的女鬼，或是良慧道士的傀儡戲偶，都不至於讓人病成這樣吧！」

「是扮鬼沒錯，但指導他們扮鬼的，可是那個曾把案情搞得天翻地覆的良慧道士啊。我認為，這起事件就是一種恐嚇與集體催眠的交互作用。」清藏律師說，由於第一個傳說見鬼的，是肉粽文仔，這件事情讓他很懷疑。肉粽文仔是見過生前的李昭娘，也見過李昭娘的屍體，更是接濟李昭娘的人，從他見鬼那天之後，他卻從未跟人說過他見到的是李昭娘，反而繪聲繪影地把女鬼描述成各種樣子，然後多加上了一個女鬼跟他買肉粽，紙鈔最後變成銀紙的傳說。

「那，其他店頭家說他們拿到青仔欉，敢講也是假的嗎？」

「不，他們拿到的都是真的。但銀紙也是真的。」

「這，這種詭計是欲如何完成？」我知道良慧道士插手的話，情況本來就會很多變，他是個沒有什麼策略或者說計畫很多漏洞的那種人，有時候看事辦事，事情就一發不可收拾了。但關於銀紙這個點，有點難說得通：「這些店頭家拿到的是一張青仔欉，可是隔天早起攏變成一疊銀紙，就算講這個扮女鬼的桃花，伊練有什麼手品魔術的訣竅，這也是很困難的吧！」

「一點也不難。只要肉粽文仔跟人談起他第一天見鬼的時候，不斷渲染陳家虐待媳婦的消息，然後強調他的錢變成銀紙，不時地晃著那一疊林家本舖的銀紙給其他店家看，特別是他們鎖定目標，專門跟陳家進貨的那些店家看，那麼，這個扮女鬼的事情就可以一直做下去。」

「為什麼？」

「你想想看，良慧道士說的，店家都有幫忙，他們是幫什麼忙呢？」

本來以為是幫忙作假見證，謊稱看到女鬼，謊稱自己上吐下瀉。但按照接連下來發生的各種情況，特別是下大雨那天大家驚慌失措的樣子，店家可能是真的以為他們見到了女鬼，而且當時也真的賣東西給女鬼，收了女鬼的銀紙。

「難道是？良慧道士說的幫忙，是指那些店家都有幫忙接濟生前的李昭娘嗎？跟肉粽文仔一樣？」

「對啦！不是只有肉粽文仔一個人接濟李昭娘，很多店家都有幫忙，這就是良慧道士講的，也是為什麼當女鬼開始作祟之後，大家會擔心恐懼的原因。」

「因為這些店頭家的物料上游，剛好都是陳家？」

「是啦，所有的店家，都是跟陳家訂貨，而謠傳又是陳家媳婦李昭娘的冤魂在作祟，掏出一百塊要買那些零碎的小東西，我問你，你會怎麼做呢？」

「喔！我會趕緊將生意做一做，關門閂戶啊。」

「然後桃花就在你家門前，放一疊林金本舖的銀紙啊。」清藏律師說：「這跟買通不同，這是利用眾人對女鬼以及對陳家的恐懼心理，迫使他們去渲染這個謠言，自然而然就會愈說愈光怪陸離了。」

「那，第七天買的鐵鍊仔共五寸釘？」我已經理解為何是第七天了，但無論如何，我還是希望親耳聽到律師的說法。

「就是頭七啦，背後策畫的人，善用這一天，留下了女鬼的死亡訊息。那些店家看不出來，但是我們在後頭蒐集這麼多資料，自然就可以看出這個端倪來。這一天買的，就是跟李昭娘死亡當天有關的物品。」

「所以，就一定是親目睭見到李昭娘在樹頂吊喉的肉粽文仔，亦有伺候桃花穿衫，意外從王董那裡得知李昭娘會隨身攜帶銅釘的阿雲了。」女鬼的事情有了清晰的眉目，那桃花被陳家逼害，也就更說得過去了。我將前後幾份筆記，跟清藏律師所分析的對參起來，不得不佩服良慧道士這次的縝密安排。

「如果不是桃花遇害，逼他要親自動手，又是跑去林投樹下，拿木屐假造鞋印；還要自己帶上傀儡戲偶，代替桃花出馬，否則這次他的計謀應該可以算是很成功的吧。」田邊也認為良慧道士這次不比上次，果真讓他耳目一新。

「不，無論這女鬼案是真是假，有沒有被戳破，良慧道士都是成功的。」清藏律師說道：「他們的目的就是要引陳家出面，而陳家耐不住性子，用了最糟糕的方式，把自己的罪行暴露出來。只能說，桃花的犧牲，是他們意料之外。但犧牲與否，跟計劃的成敗，倒是兩不相干的。」

說著，檢驗所到了。

記者們看見黑頭車靠近，也趕忙上前來準備拍照、採訪。

田邊按照桐生主任教他的，一下車，就官調官腔地作出聲明：「我們現在就要聽取檢驗所的屍檢報告了，聽完之後，我們會帶著報告結果，到陳家去拜訪，如果記者朋友有興趣的話，我們稍後在陳家會作出說明，謝謝。」

果不其然，聽到有公開說明，記者們就安分地把檢驗所大門的路給讓了出來。免去了推擠，好容易就走進被圍堵了兩日的檢驗所。

九、陳家的原田順子

車子駛往陳家的時候，檢驗所外頭只剩下兩家報社的記者；看樣子其他記者也是信了我們的話，我們在裡頭看報告，他們就趁隙趕緊先到陳家去待命。想來這也是看重律師說話分量的表現吧。

檢驗報告看得還算順利，桃花身上的線索，符合我們一路上蒐集到的證詞，無論是死亡時間、刀痕、中毒反應等等，清藏律師都覺得這似乎有點太順利了。好像一般在死者身上還會發現一些意想不到的疑點。

然而，桃花的檢驗報告中，只有發現一處，唯一的一處，與我們所知的情況稍有出入。

車窗外的街景熱鬧了起來，正午剛過不久，吃飽飯的人，懶洋洋地在街上走著。總認為陳家藏著所有解答了，車子的方向性讓人漸漸雀躍起來。這趟查案的過程，不若以往那樣危機四伏，兇手始終躲在暗處，如如不動的態勢，讓人不由得懷疑起桃花與李昭娘的死，會不會僅是起於一場過失或意外的可能。我甚至沒有感受到兇手試圖掩蓋證據的心計；又或者，有更高超的脫罪手法在背後撐起的這一切，而我們正一步步走進陷阱中？

我不免重頭看起了所有的筆記，尤其是所有事件的時間軸。為這些零星的線索，排佈出一個更流暢的先後順序，應該是破案的基本功：

去年秋，盧阿舍告知桃花，他要回二林去。從此一年未歸。

〔我們都曉得盧阿舍的真實身分，所以排除他涉案的可能。〕

近一個月前。李昭娘被陳老太太怪罪，逐出陳家。

陳老太太帶著李昭娘的獨子，到山水閣向阿雲求助，欺騙阿雲。

李昭娘靠著肉粽文仔為首的壽町商家們接濟，在街頭流浪了十多天。正確應該是十六天，肉粽文仔用他送給李昭娘的肉粽推算的。

阿雲跟桃花於此間參拜呂祖廟，向良慧道士說出託孤的事情。

桃花接受王董的委託，收下一枚銅釘和照片，協助調查李昭娘的去向。

〔李昭娘不知為了何事回到陳家。這點是推斷，尚無確切證據。〕

陳家委託肉粽文仔一千圓，要打發李昭娘離開台灣。實際上是要拐他去當李昭娘上吊自殺的假目擊證人。

肉粽文仔在海邊的林投樹下，發現上吊身亡的李昭娘。

陳家獲悉後，密不報警，用黑布麻袋將李昭娘當成貨物運走，悄然葬在某地山中。

〔根據肉粽文仔的說法，距離陳家不遠，有一片小山坡地是陳家自有的。肉粽文仔沒有親見下葬的過程，但陳家家丁是將李昭娘往那個方向搬去。〕

肉粽文仔將這封口的一千圓，拿到良慧道士那裡求助。良慧道士早從桃花與阿雲那裡得知一些線索，因此排定計畫，回頭請桃花幫忙扮鬼。試圖用這種方式逼迫陳家向警察說

清楚李昭娘的慘事。〔傀儡可能是這時候開始訂做的。〕

隔日，肉粽文仔宣稱見到女鬼。已經確知是假的，是他自導自演。

再一日，桃花以女鬼的姿態，正式出現在壽町，連續九天。

〔陳家於此間找上林得，出一千圓請他去買桃花的通花，並且要藉此羞辱她。陳家雖然心虛，但也是小心求證，桃花等人扮女鬼的過程中，應該有什麼漏洞被陳家的眼線看穿，認出了桃花的身分。〕

第六天，實際上是女鬼現身紀錄的第七天，買了鐵鍊與銅釘。

女鬼現身後的第十一天，女鬼失蹤，林得買了桃花的通花，致使她無法繼續女鬼的任務。

女鬼現身後的第十二天。

八點，桃花與王董約了朝花。

九點，桃花離開。

十點，王董與早稻田約了看診，場所都在辰巳貸座敷。

研判不超過十點，桃花遇害。橫死虎尾林的乞丐寮。

當晚，女鬼再現壽町。是良慧道士用傀儡戲偶假扮。

早稻田先生失蹤。

「律師，你怎麼看桃花肚子裡的那個金屬片？」

田邊在前頭開車，邊開邊問起了關於桃花腹中的異物。還把那個包在紙袋裡的金屬片，遞到後座來。

「耶，我真的沒看過這種東西。」律師打開紙袋，仔細地看了一下洗乾淨了的金屬片，但還是只能搖搖頭。他也無法確定，這個東西出現在桃花的胃裡，是桃花生前吞下，抑或是死後被人塞入：「這種小五金類的，秀仁，你覺得呢？」

這就是與所有證詞都不符合的一處疑點。為了查驗桃花有無中毒反應，檢驗所解剖了桃花的胃，意外發現了一枚清藏律師也看不出所以然來的東西。

那是一塊小金屬片，大概三公分長，一公分寬，長邊兩側有幾個不規則的凹凸紋路。我接過紙袋子，很費勁地想著這個金屬片的功能。我記得這樣東西是有功能性的。

方才檢驗所只給我們看他們畫的圖，雖然他們已經把金屬片畫得很詳實了，但沒有看到實體，實在也不能確認究竟是什麼；田邊拜託他們先把金屬片出借給我們，約定好了明天就會歸還給檢驗所。起先還很不願意，是田邊借電話撥給桐生主任，由主任出面來借提，檢驗所才同意我們把金屬片帶出來。為了躲避記者，田邊隨便用個紙袋子裝了；而我們一上車就趕緊開離檢驗所，一直都沒有時間仔細地看一下那金屬片到底是什麼來歷。

「喔！我看懂了，這是一種鑰匙，江戶時代就有的。不過一般都是大的，我其實沒見過這麼小的。」我還稍微在筆記本上也畫了一下相對應的鎖頭，是一種長方形的鎖，從前的人鎖倉庫用的鐵鎖：「我說的倉庫，就是藏，釀酒戶或醬菜屋會用來存放缸甕的那種白色的藏。」

清藏一看鎖頭的形狀，就知道我在說的是什麼了，那種舊鎖已經很罕見了，長方形的鎖，上面一根鐵桿，下面是鎖心，鎖心兩端突起，鐵桿就安插在突起處；鐵桿和鎖心之間是中空的，可以鎖上鐵鍊加強。鎖心十分厚實，一般會在鎖心上雕紋樣，或家徽，做為識別。鑰匙插入鎖心後，轉動的是鐵桿，鐵桿一轉，就可以從澆鑄的突起部分將其抽出來，是為開鎖。

「那這種小的鎖都是做什麼用的？」

「小金庫吧，可以隨身攜帶的那種。」我想了一想，說：「但現在都是用銅打的掛鎖了，比較輕巧，製造上也比較方便。這麼有歷史的東西，應該是富有人家特意保留著的吧。」

「桃花的胃裡怎麼會有這種東西呢？」田邊說：「難道她還隱藏了什麼祕密，不想讓人知道？」

「嗯，我們遇過的這些證人之中，有人還藏著一些話沒說。」清藏律師也是被肉粽文仔這種角色弄得怕了：「會把這樣大小的鑰匙吞到肚子裡，幾乎是賭上性命了，我認為，桃花在虎尾林見到一個她一看就知道來意不善的人，所以用這個辦法，讓對方沒辦法得到他想要的東西。」

「這也是她被分屍的原因吧？兇手想挖出她肚子裡的東西？」

「你要挖一個人肚子裡的東西，需要這麼大費周章將人剖兩半嗎？別忘了，桃花上下半身的切痕，精準得像是專業人士用了非常銳利的凶器下手的；兇手早就帶好了做案的凶器，做案的方式從一開始就確定要將桃花分屍了。」律師深呼吸了一口氣：「分屍的警告意味很濃，或許不僅是針對桃花，整間山水閣有沒有可能招惹更大的麻煩，這點還不確定呢！」

話題再度伴隨著車窗外流淌的景色，一個變換過一個。快靠近壽町陳家的時候，便看見記者群們早早圍住了陳家。

這一趟路多虧了田邊跟半助開車載送我們，節省了許多時間。以往我都得拖著人力車跑來跑去，從未辦案辦得如此愜意，便可以想見警署方面承擔著嚴峻的輿論壓力，以限時破案為首要，根本顧不得參與破案的是不是正規合格的員警了。

田邊將車子停在路邊，替清藏律師開了車門，我們三人就走往陳家。記者當然還記得我們剛才答應的，一人一枝筆、一本小冊子，就堵上來要問我們檢驗所的結果。

「檢驗所裡的人就是陳家媳婦李昭娘嗎？」

「是什麼原因要花兩天的時間才能確定呢？」

「是溺斃嗎？所以無法辨識長相？」

聽這些記者說的，已經可以想見這幾年來社會上的凶案多到連記者都有本事破案了吧。島內某處，肯定早就有記者偵探這樣的存在了，畢竟連和尚偵探這麼奇怪的設定都有了。

然而，在這些人群最外圍，離我們最遠，也就陳家大門那的方向，站了三個人，他們臉上面無表情到有點兇惡的程度，瞪著被記者包圍的我們。

那三人就是陳老太太跟她的兩個家丁。陳老太太繃著一張臉，眉頭深鎖。跟當年我見到她的樣子，就是更老又更狠了些，其他幾乎沒有什麼變化了。兩名家丁高出她一個頭，大概四十出頭而已，一胖一瘦，胖的是那種健壯型的，瘦的看上去大概也有一身橫練的筋肉；也不曉得陳家究竟是做什麼生意的，居然會請這種打手型的家丁。

「我們還需要聽取一下陳家的意見，你們這裡等吧！不會太久，讓我們先進去陳家。」記者也不能說不吧，警署來的警察大人都這樣講了。他們當然只好繼續等下去了。反正都等兩天了，也不差這一下子。

陳家老太太冷著一張臉，看到田邊的時候，還是欠著身子道了一句：「警察大人。」

「你好，我是警署的田邊。這位是松本寺的住持，還有。」

「我知影，賣雜細的秀仁桑。」陳老太太搶了田邊的白，緊接著自我介紹說道：「我是陳文龍的老母，我姓原田，原田順子。」

「原田桑，原來陳文龍的母親是日本人啊！」田邊有點訝異：「但是我記得陳家都是本島人不是嗎？而且，原田桑你的台灣話怎麼這麼好？」

「我是本島人，是文龍的老爸死去了後，我才去改這個名字的。」原田順子用回日語，表示她對田邊的尊重：「來，有什麼話，我們進來講吧。請。」

「請。」

這還是我頭一次走進陳家。上次陳文龍結婚宴客就是在記者聚集的那邊擺上流水宴席，他家裡倒是沒有開放大眾進入，只有坐在第五桌以前的親友們會進去。當然也包括第五桌的那些富戶，他們倒是很自若地進出陳家。

陳家的正廳擺了神明桌，沒有神像，只是用觀音彩代替。桌案上就是很常見的祖宗牌位、香爐、燈燭、花果。看樣子是一個很崇尚簡單素雅的家族，牆上也沒有掛那些用來炫耀才學的字畫，僅有一面燻黑了的「欽褒節烈」匾額，掛在廳堂的左側。

廳堂外，透過一個方格子窗，可以看到陳家的院子正在施工。小工地好像要搭蓋涼亭，墩了幾袋的紅毛土，還有一個半成品的紅毛土地基。原田順子看見我在注意那個地基，她就率先說明了施工的情形。

「秀仁先生，你對我們的神社有什麼指教嗎？」

「那是神社？」

「對啦，我們想說，要在院子蓋一間外社，以後可以開放民眾進來參拜。」

「喔，原來，我還以為是要蓋涼亭。」

「不好意思見笑了。來，地方小，三位請快快上座吧。」順子解釋完工地的用途後，自己先坐上了正對門的主位，然後請我們分坐兩側。屁股才剛坐定，就有兩個小僮從後方端上蓋碗的茶水，以及一人一盒四秀仔乾果茶點。

這樣的陣仗，意思是她早就料到我們會來了。

但田邊剛剛才跟王董交過手，他才不怕這種用財富欺人的貨色。

「想請問原田桑。」

「叫我順子就可以了田邊大人。」

「喔，順子，我想問一下，陳文龍在嗎？」

但只見原田順子很不屑地啐了一口晦氣：「那個沒用的東西，妻子失蹤，他就成天醉得不像話！他現在在房裡鬧頭痛，要叫他出來嗎？」

「沒關係沒關係，我們待會去房裡看他好了。」

「真是不好意思呢。諸位這次駕臨寒舍，想問，是為了什麼事呢？是不是找到我的孫子了？」

我差點沒笑出聲來，看她一副神鬼不覺的樣子，顯然不知道這兩天我們在外頭奔波的成果。

不過也好，這樣她就會露出馬腳，隨著她的慢慢崩潰，很多證據就會不證自明了。她還當真以為，送到山水閣的那個娃兒，就這樣被認為是天地漂泊的孤兒養著了，當阿雲確信那個娃兒就是陳文龍與李昭娘的兒子時，二話不說就把他帶到自己的房裡，日日夜夜親自照顧他，不假其他姊妹或使用人之手了。那是替她自己，重新養回自己的一種療癒過程。

「當然，也是關於李昭娘失蹤的事情。」清藏律師能夠這麼淡定地說話，想來也是他的定力深厚，不然早就拆穿原田順子的謊言了：「就是想問幾個問題，確定一下壽町的鬧鬼不祥事，是否是人為的惡作劇。」

「那還用問！就是惡作劇啊！我的媳婦跟長孫失蹤了，還被他們這些無知的村人戲弄，居然給我當胡撇仔這樣亂演！」順子的聲音便得粗啞低沉，像一頭低吼的母獅：「田邊大人，如果我沒記錯，台北的總督大人應該有頒布過，要台灣人不能迷信的事情吧？」

「是，也是因為這樣，所以我們警署趕緊配合調查。」

「但是我聽說昨天晚上，壽町又鬧鬼了？」

「是，我們也正在尋找背後的主謀。」

原田順子聽到這裡，臉色沉了一下。就跟清藏律師說的一樣，兇手知道事情的全貌，所以當出現一點點蛛絲馬跡，事情快敗露的時候，只有兇手會提前知道。原田順子應該是聽到我們三個人都出手了，要探究壽町背後鬧鬼的真相，就很快地聯想到我們三個人可能找出的線索，一條條都會指向她刻意將李昭娘的死訊隱藏，卻放風聲汙衊李昭娘帶著孫子私奔的作法。隱匿死訊，這個嫌疑她肯定是擔不起的，倒不如開始想想脫罪的說詞。

「不用找了，我知道是誰搞的鬼。」

「喔？怎麼說呢？」

「這件事情是這樣的。」

原田順子閉著眼，仰天嘆了口氣，悠悠地說：「是時候應該把事情說個清楚明白了。」

「請慢慢說吧。」清藏律師用一種非常信賴她的語氣，支持她繼續說，至於她會說出幾分真、幾分假，一時間還很難確定。

「昭娘私奔出去之後，都是跟肉粽文仔在一起。」

「你的意思是？」清藏律師雖然還是鎮靜地與她對答，但律師肯定跟我和田邊一樣，萬萬沒想到順子所謂的把事情說個清楚，居然第一句就是謊言。

「她就是跟肉粽文仔私奔啊！文龍就是不信我，他還說昭娘是被綁架了。他也有自己跑去找過幾次肉粽文仔，肉粽文仔都跟他支吾其詞。我就跟文龍說，那就是因為肉粽文仔把昭娘藏起來了，故意讓大家找不到！」

原田順子以為，她給了肉粽文仔一千圓，就可以徹底封住他的口。她錯估了我們這些衝州撞府，在街上叫賣的人，都是很講求仁義道德的，一千圓兩千圓這種錢，我們不是看不上眼，而是不認為這樣的錢買得起我們的誠信。

眼看時機差不多了，我就率先發難，展開第一波攻勢：「不可能的，我跟肉粽文仔算是舊識了，他雖然沒某沒猴，但是他很有義氣」

「義氣？義氣幾兩銀？昭娘從我這裡偷了一千圓，拿去供養給肉粽文仔的，你們曉得嗎？你們可以去肉粽文仔的家裡搜看看，一個賣肉粽的，居然可以有一千元的家底，看到一定嚇死你們。」

「那你知道，我跟乞丐林得是換帖的嗎？」這樣的話由我來說，是很有公信力的。一個賣雜細的，跟一個乞丐頭領，也不過就是街上的尋常風景。

「然後呢？」原田順子應該是感受到來自我的壓力了，她不再像剛才一樣連珠炮地碎碎叨念，一下子轉攻為守，正準備聽我的說法，等著要見招拆招。

「然後就是你也拿了一千圓給林得，要他去買桃花的通花吧？你派出家丁，綿密監視了肉粽文仔的行動之後，發現他跟桃花、阿雲串謀，在壽町扮女鬼，意圖散播李昭娘的死訊吧？所以你就利用林得，買了桃花一夜，打算用那關鍵的一夜，向世人證明壽町根本沒有鬧鬼，一切都是桃花在作怪，對嗎？」用乞丐來敗壞桃花的名聲，讓桃花臭名遠播，當然也是最快澄清女鬼疑雲的作法。

「哼，我聽不懂你說的，我哪裡跟那個什麼林得有什麼關係？」

原田順子坐實了她去虎尾林乞丐寮找林得的時候，並沒有留下任何蹤跡，她很確定這件事情，所以撇得很乾淨。

「你要否認這些也不是不行，但是，你如何說明，你帶了一個娃兒到山水閣的事情呢？」我看她執迷不悟，就把她被阿雲看到的決定性證據直接說破，正式向她攤牌：「你該不會在想，我們是毫無準備地來找你吧？」

「你！」原田順子料想不到，阿雲居然會跟蹤她回陳家，氣得拍了桌子。

「好了好了，聽我說吧。」一進陳家就像個老好人的清藏律師，忙不迭地出言相勸：「事到如今，順子你也是瞞不住的了，你倒是說一下，李昭娘跟你之間究竟發生了什麼事吧？然後，秀仁，你也別再激怒順子了，人家的輩分跟年紀都比你大，基本的尊重要有。」

「我，我。」原田順子無法解釋她為何會把昭娘的兒子、她自己的親孫帶到山水閣去，因為不管是哪種說法，顯然都不合情理。她當然也沒推演過這方面的說詞，她畢竟不是一個專業的兇手。

「你對昭娘做了什麼？」然而我是一個受過訓練的偵探，我當然不會放過任何猛攻她的機會。

「秀仁！」清藏律師則是素養高超的心靈導師，他不斷出言阻止我，就是為了要引出順子的溫柔天性：「你讓順子冷靜回想一下。總會有些事情，是我們忘記了的吧！對吧？順子？」

「是，是啊。」順子頓了一下，這才說：「是昭娘跟肉粽文仔的私奔，放著孩子不管，所以我才。啊，不對，是昭娘她。」

順子無法圓自己的謊，語無倫次，就是說不出把孫子送走的原因。

「是意外吧，對吧？都是意外。」清藏律師刻意用他那誦經時才會用到的渾厚聲腔，然後拉低了聲音，淺淺地這麼對原田順子喊話：「一定是意外，你也不知道要怎麼辦。一個女人家，很辛苦的。」

再怎麼說，也是血肉之軀，原田順子被清藏律師用這種語調一觸碰，眼淚嘩啦啦就落下來了。她垮著一張老臉，往昔的驕傲自滿信心，蕩然無存，哭得清藏律師也站起身來，整理了一下袈裟，上前去拍了拍她的肩膀。

「昭娘是真的跟男人私奔，就算不是肉粽文仔，但她真的在外頭有別的男人，這是我家丁告訴我，千真萬確的。我把昭娘趕出去之後，是昭娘她有一天回來，說什麼都要把孩子帶走，我不肯，家丁就跟她扭打起來，一個不注意，家丁想將她架走，結果她脖子被家丁掐得太緊，就斷氣死了。」

原田順子這才坦白了她那夜的行動。

李昭娘被掐死後，她讓家丁趁夜把李昭娘搬到海邊去，用鐵鍊吊住她的脖子，綁在林投樹上，佯作自殺的樣子。但是這種事情不能讓當時在內地做生意的陳文龍知情，礙於這樣的壓力，原田順子說，她才會想到請肉粽文仔來發現屍體，作為她的見證人；把孫子暫時送到山水閣，先說服陳文龍，讓他相信李昭娘帶子私奔，等風頭過去，再把孫子接回來。

「那林得呢？」

「是，是我去請的。因為肉粽文仔跟桃花他們一直要破壞我的計畫，所以我就利用林得，也要破壞桃花的詭計。田邊大人，我這樣子，應該不用去坐牢吧？我實際上根本沒有做什麼壞事啊！」

「嗯，大都是知情不報，可能要罰很多錢；坐牢的話，家丁的責任比較大，妳的話大概就是半個月或幾天的那種吧。」田邊講的是，假設李昭娘真的是死於意外的話，家丁至少得服刑。

看他們把圓仔搓得差不多了，我就再對原田順子發動已經不知道是第幾波的攻擊：「說得很好聽沒錯，那李昭娘呢？你把她埋去哪裡了？」

「我可以帶你們去，但是，請答應我，不要報警。田邊大人，不好意思，這件事情我真的不想讓文龍知道。」

我和清藏律師其實也是根據肉粽文仔的證詞，認為原田順子一心只想冷處理李昭娘的死，所以不管怎麼激怒她，她都只有挨打的份，那既然如此，就一個人負責猛打，另一個人在旁邊替原田順子說話。她應該就會乖乖地說出真相。只是沒想到真的執行起來，居然這麼容易。

比剛才桐生主任跟田邊聯手對付王董還要容易。幾無破綻的不在場證明，好像王董真的處心積慮安置了什麼不可告人的陰謀，才能做出這麼完美漂亮的自白。相形之下，一開始對誰都傲然以待，但那張椅子還沒坐暖就被逼得節節敗退的原田順子，就有點值得同情了。即使她的家丁真的誤殺了李昭娘，而且也是把李昭娘趕出家門的始作俑者，再怎麼說，她這種無心的惡意，想必也已經捆鎖著她的心靈許久了，而更遠的以後，她說不定永遠都走不出這樣的囚籠了。

「好，我答應你，我會低調處理這件事情。」田邊看她那落淚的樣子，應該是發自內心的懺悔，也就答應了她的請託。除了當前以破案為要務，盡可能地排除障礙是最快的捷徑之外，以田邊的權限來說，他的確可以把李昭娘的死，當成意外死亡或失蹤人口來結案。也許這樣對昭娘或文龍，甚至是他們的孩子都不是很公平，但止息騷亂是桐生主任對桃花案與壽町女鬼案的最高指導原則，把昭娘的死，再從土裡拉出來公諸於世，或許，對昭娘是又一次的鞭屍，而對文龍更是再一次痛失妻子的創傷。想想，這麼做不一定能得到昭娘的原諒，倒不如就依著現況走下去。

「謝謝，謝謝你們。」原田順子抹去了淚水，吩咐家丁帶上鐵鏟，準備出發上山：「我會負起所有的法律責任，但千萬不能讓文龍知道，昭娘是在家裡走掉的。他會承受不住。我也會承受不住的。」

「出發之前，我要先解決一下外面的記者。」田邊之所以把訊問原田順子的任務交給我跟律師，就是因為他一邊聽著我們的對答，還得要想一個面對記者群的說法：「等他們散去，我們再去找李昭娘。」

田邊卻沒有對記者說什麼重要的訊息，他只是幫清藏律師明天的法會做了大大的宣傳跟推廣：「我們已經確定，那個檢驗所的屍體，不是陳家媳婦李昭娘。李昭娘現在還是我們署裡的失蹤人口之一，為此，明天清藏律師會在安平港附近的林投樹外，舉辦一場法會，希望壽町的人全町都可以參加，記者們也歡迎加入，主要是要來止息謠言中的所謂的女鬼，發揮安定人心的效益。」

「那屍體是誰？」

「是誰家的小孩嗎？」

田邊當然也想好了說詞：「是，是小孩沒錯，但不知道是哪裡的人，看起來像是外地來的。我們會在從今年的失蹤人口當中，比對一下資料。」

記者雖然等到了田邊的說明，也陸續問到了更多他們想問的；可是始終沒聽到他們想聽的。但總不能跟田邊大人嘔氣，也只好零星地慢慢散去，回報館去整理資料，為這幾日的不眠不休，作一個頭版頭的總結。

十、安平海邊的肉粽文仔

壽町的人都被要求，當日去安平的海邊觀禮。這是警署跟市役所的決定，但凡害怕壽町女鬼的人，或是被女鬼光顧過的店家，都必須到海邊觀禮。貼在街口的文告，不沾染任何宗教相關的字詞，都用觀禮來代指清藏律師即將登壇的法事。

「你只有兩個小時的時間，好好把握。」因為約好了在安平，昨晚我也睡在松本寺裡。一早，良慧道士就帶著他準備好的供品與祭器，來松本寺報到。清藏律師一邊整理他的法本和袈裟，一邊對我說：「壽町的人都會到海邊來，你要趁這個時候，到陳家去把我們昨天覺得奇怪的東西，都翻一翻。」

「好！」

按照律師說的，我與人們反方向地回到了壽町。昨天拜訪完陳家，聽過原田順子的故事後，我、律師、田邊三人都各自察覺了陳家裡面的一些疑點。田邊個人是覺得，陳家跟王家兩家之間的關係，有可能影響到桃花案，他想知道陳家的收支往來紀錄；清藏律師則是研究了一下開墳挖出來的李昭娘，雖然跟原田順子說的一樣，死因很明顯就是氣管受到壓迫，但是昭娘的脖子，卻有一顆稍稍隆起，類似疹丘的小肉瘤，就在下巴與脖子連結的那個位置上，照理說，活人的這個位置應該是平滑的，屍體更沒理由長出這種疹子來。

而我，始終都對院子外面那個正在施工的小神社感到有興趣。兩個小時的時間，因為李昭娘已經葬回去了，所以我必須請人幫我把她再挖出來；而這個倒楣鬼，就是肉粽文仔。

「所以你的意思是，我幫你把昭娘挖出來，然後在這邊等你？」肉粽文仔拿著鏟子，站在昭娘那片沒有碑的塚前，聽說要把昭娘挖出來，雙手有點發抖。

「你放心啦，他們昨天葬回去的時候我有看到，李昭娘是被放在棺材裡的，你只要挖到可以看見棺材就好了。」

「喔喔，好，還好。」

當我把陳家的內外都搜索完畢，也重新確認了李昭娘的遺體，解明了所有的疑點後，我就拉著我的推車趕赴法會現場。

這次，我預先停在松本寺的推車，正式派上用場。

我將所有必要的證物，都放到推車裡。桃花案的兇手，李昭娘案的兇手，我反覆地思考這兩案，究竟是從哪一個環節被牽扯在一起的。相信兇手看到這些東西，也就百口莫辯了。

「哪會這濟人？」到場的民眾數量有點超乎我的預期。明明只在壽町和開山町兩個地方貼出告示，卻吸引了將近半座府城的佛道信徒到場。可見壽町女鬼的事情，影響的範圍是相當大的。

遠方的清藏律師孤零零坐在他的法壇上。相對於人潮擁擠，清藏律師面對大海的壇城顯得有點單薄簡陋，只一座杉木釘合的須彌檯，和一些良慧道士準備的鐘磬法器；都生了舊銅斑，音質也多少有點磨損了，明顯是臨時端上了檯面來撐著用。

「歹勢，請眾人先讓後面那個拉推車的，到我這裡來一下。」清藏律師雖然在壇城上提高了聲量，但人真的太多，要能聽清楚他說的話還是有點費力。不過前方的人讓出了一點空間，一個接著一個，就讓出了一整條通路，人海被沖開了一條筆直的路，兩端正朝著我的推車與律師的法壇。

拉著推車向前，終於走到法壇前。而離法壇最近的，都是兩個案子的相關當事人。山水閣的素春和阿雲、肉粽文仔與另外九家店頭家、林得和他的乞丐兄弟、王董與他的妻妾、陳文龍和他的母親原田順子。

田邊跟桐生主任則率領了一隊員警，守在現場嚴陣以待。市民看不出來，這不僅僅是一場法會，這還是搜捕行動中最至關重要的一次。

我趕緊將所有找到的證物，都從推車底撈出來，交給清藏律師鑑定。所有的證物除了收支簿之外，我都用唐草柄樣的風呂敷包了起來：

五寸銅釘。一枚。

藤字布莊。純白尿布巾一條。

秀泰米糧行。米麩半斤。

與治木工藝品。刻花黃楊木梳一把。

京都織布所。唐草柄樣風呂敷一條。

阿源穀米店。白米四兩。

五木材料所。五寸釘一根、五呎長鐵鍊一條。

十文字絹品。素絹一條。

林布團屋。棉布一才。

新匠木工店。紅花柄樣鼻緒木屐一雙。

陳家的收支簿。一冊。

「這些東西，為什麼在你那裡？我不是都帶來了嗎？」律師指著供桌上，早就已經放好了那些陸陸續續由桃花替昭娘買下的東西。

「不，這些東西是在陳家發現的。那個蓋一半的神社基座底下，埋了這些東西。還有，這枚五寸銅釘，應該就是李昭娘隨身攜帶的，也被埋在底下。」

「喔，那昭娘她這邊的那個。」律師摸了一下他的下巴，問我有沒有幫他再仔細地檢查一下那個位置。昨天礙於順子不穩的情緒，也不方便太過度調查她的遺體，但律師很確定，他摸到那個突起處，有一種異物感。

「我在想，應該是五寸銅釘，從她的後腦打進去，然後釘子突出來的痕跡，剛好被你發現到。」

「後腦？」

「對啊，我們昨天沒注意到，在昭娘的後腦，有一個小洞，那個小洞的寬度、長度，就跟五寸銅釘是相吻合的。」

「啊？」清藏律師聽到這裡，所有的事件都顯露光明，清晰了起來。他知道接下來該怎麼做了。

「我知道了，讓法會開始吧！」律師交給我兩面鈸，我敲打起來，法會也就這麼開始了。清藏律師先是誦讀了讚禮，然後替全場的人作了皈依，再給六道眾生作皈依，才開始唱起法會所使用的經文「佛頂尊勝陀羅尼經」。

經文詠唱罷，他就點名了壇下的原田順子跟田邊大人。

「原田順子女士。」

「是！」

「秀仁手上那些包布包，是在陳家找到的。」律師說著，並將包袱巾攤開，裡頭既有鐵鍊五寸釘，也有木屐神救丹。而包袱巾也是當夜女鬼叩門所買來的花色，沾了點泥汙，但還是看得出似乎有點新穎的樣子：「這些，都是剛才秀仁在陳家發現的。順子女士，你要不要修改一下你昨天的說詞呢？趁著田邊也在場。」

原田順子聽說是我進她家翻找的，這才是真正嚇到魂不附體，當場就跪坐癱軟在地。久久不發一語。

「跟女鬼買了一模一樣的東西啊！」田邊看了看那包袱巾裡的物品，也就知道這用意何在了，他大聲喝斥原田順子，並且棄毀了昨天答應她的事情：「你是打算把女鬼的事情，或是昭娘的命案嫁禍給誰嗎？」

原田順子低著頭，想不到還能用什麼話來為自己辯駁。

「肉粽文仔。」清藏律師用台語叫他。

「在。」

「汝是佇陳家人替李昭娘收屍的時陣，看見了屍首的異狀吧！」清藏律師說：「是彼支五吋釘嗎？當我將查某鬼買的物件研究清楚，就知影你們扮鬼的用意了。汝是希望我發現這些物件的牽連吧！」

「是，我其實有去摸了當時還掛佇樹頂的李昭娘，她的頷頸後面，有一個孔，彼個孔根本不是吊喉的人會有的。」肉粽文仔也是到了這個緊要關頭，才終於把他所有的證詞說得完整。像他這樣的人，千萬不能當兇手，他一定會把所有線索都藏得好好的，甚至連心理攻防戰都不能逼迫他說出實話。

肉粽文仔摸到孔洞的當下，就發現了原田順子的謊言，但他隱忍著不揭穿，四處找可以信賴的人求救，而因此找上良慧道士。

又幸虧原田順子不是好兇手，她渾身發抖，大概是本來還以為躲過了昨天的盤問，今天就可以全身而退了吧。她的非故意說，已經遭到破除。如果不是故意殺害，怎麼可能用李昭娘隨身攜帶的銅釘，打在李昭娘的後頸呢！這種致人於死的手段太過兇殘，田邊昨天答應的事情，當然就不能繼續適用了。

「那我就自頭講起吧！」清藏律師改用台日混雜的語體說道：「在場眾人，相信你們都聽過林投樹下這條冤魂的故事，還有她用銀紙買了多少民生用品吧。我要講，這些，都是良慧道長與肉粽文仔的說詞，配合了桃花扮鬼，才嚇唬到你們的。根本沒有什麼查某鬼。什麼鬧鬼頭痛破病，你們自己嚇出一身病來的。這些店頭家講賣掉什麼物件，拿到的青仔欉變成銀紙，實際上，是他們賣出了物件，同時收下桃花給的青仔欉跟銀紙。他們都是自己嚇出病來的。另外，原田順子，女鬼在壽町作祟的時候，妳也是心虛了，才會想到要請林得來對付桃花吧；妳應該沒想到，就是因為妳這樣做，反而讓妳的破綻統統跑出來被我們發現。」

昭娘的案子，就這樣破了。而現在問題又回到了一開始的桃花身上。

「那桃花呢？扮鬼的桃花怎麼沒來？該不會是被妳這老太婆給殺掉了吧！」

就像一場排好的戲一樣，所有人都按照清藏律師的劇本，接著完美的時間軌跡在發言。一聽說殺害昭娘的兇手是陳家老太太，而且她還派人欺侮桃花，王董便嚷嚷起來。

「王桑，你這樣說就不對了。」清藏律師和婉地對王董說：「你跟陳家的關係這麼良好，怎麼可以在這個時候落井下石呢？」

「我不是，我是擔心桃花。」

「你不是，你才不擔心桃花呢！」清藏律師拿出了那片小金屬片，開始質問起王董：「這個，這是你的小金庫的鑰匙吧？」

「你這和尚在胡說什麼？什麼小金庫？」

「你介意嗎？讓田邊大人現在搜你的身？你身上應該隨時都帶著一個小金庫，是可以用我手上這把鑰匙開啟的。」

「太過分了，開這種玩笑！」王董怒喝一聲，轉身就要離開現場，倒是被桐生主任拉住了。

「王桑，配合一下。」

「連你都！」

「來，搜身！」桐生主任主演的戲終於落幕，扯下面具，立刻變回公正無私的那個他。

王董身上也的確搜出了一個小鐵箱，就藏在他的褲口袋裡，大概十多公分長寬而已，清藏律師把鑰匙遞給田邊，田邊用那小金屬片鑰匙，打開了王董從不離身的鐵箱。裡頭不是什麼金銀財寶，裡頭就是一本小冊子，上頭密密麻麻寫的，都是內地與本島官員的名字，而跟在官員名字後的，是一串金額列表。

「你一定也把這件事情告訴桃花了吧？阿雲，你有聽說過王董在賄賂官員的事情嗎？」

「有是有，但我不知道桃花有拿到那個鑰匙。」

「那是桃花偷偷打的，是拿來威脅王董用的。接下來，我要說的，是桃花在她有限生命中的最後一搏。」

林得事件過後，桃花更篤定了要讓王董迎娶自己，所以桃花帶著那枚金屬片赴約，如果王董不能娶她，也不願拿出更多的錢來讓自己的後半生好過，那桃花就會用這枚金屬片來威脅王董。那枚金屬片應該是某次趁著王董喝醉了，利用黏土製造出模型，事後再請鎖匠打製的複製備鑰。

「可惜，王董騙了桃花。」清藏律師說，他是根據桃花被分屍的刀痕，還有失蹤的早稻田先生，戳破了王董的謊言：「桃花被切割的那麼乾淨俐落，顯然是熟知解剖術的人做的，而這麼剛好，案發當天王董打電話給早稻田約了看診，隔天早稻田又無故失蹤。這不就是王董殺害桃花的證據嗎？也只有早稻田，可以在殺害桃花之後，趕往貸座敷跟王董見面會合而不被人識破啊。更細膩地說，桃花見了王董，提到自己的困難，但是王董不願協助，桃花就拿出金屬鑰匙片來威脅王董。王董你可能就假意答應了，但是你卻叫桃花到虎尾林去等你，對吧？然後你撥電話給早稻田，要他在虎尾林埋伏，等桃花經過，就將她殺害，奪取金屬片鑰匙。沒想到桃花一聽到早稻田要她交出鑰匙，二話不說就把金屬片鑰匙給吞下肚了，早稻田跟她一陣扭打，最後手無寸鐵的桃花當然是被早稻田殺害了。早稻田正要剖她的腹要取出金屬片鑰匙，刀子才落，就想到不能這麼明顯讓人發現他的動機，所以就打算先將桃花割成數塊，在那荒郊野外四處分散，然後再剖開桃花的胃，尋找鑰匙。」

「那你倒是說說，為何你們還能拿到鑰匙？」

「這就要拜原田順子之賜！」清藏律師說：「因為她請了林得，去羞辱桃花，剛好在林得跟他的兄弟從城內要回乞丐寮的路上，早稻田聽見了他們的喧鬧聲，但是他才剛把桃花剖成兩半而已，不得已，他只好放棄桃花肚裡的鑰匙，趕緊到附近的溪邊把身上的血跡洗掉一些，匆匆忙忙地跑去辰巳貸座敷，向王董你回報消息。王董，是不是呢？你顧忌著我們開始幫桃花討公道了，連鑰匙都沒拿回來，就讓早稻田回內地去避風頭了吧！我們一時還沒有資料，但只要去查驗一下最近的船期，應該可以在乘客名單上看見早稻田先生的名字吧！」

王董看著早就沒有任何反駁立場與回嘴能力的原田順子，氣得破口大罵：「我就叫妳不要去動桃花，妳就偏要！妳倒好，為了妳自己，把我都拖下水！」

桐生主任派人上前，把王董跟原田順子的手腳都用麻繩綁了起來，準備帶回警署，用警察正規的審訊程序，重新審理一遍。

看著王董被架走，阿雲哭著拉住我的衣角：「那，我可以去看桃花了嗎？」

案發以來，阿雲但知桃花遭逢不測，卻始終沒見到桃花最後一面。為了能釐清真相，阿雲總是提起她的勇膽來，故作鎮定地將她所見所聞都告訴我們，直到王董被抓起來了，她的武裝也隨之卸去，淚水便不能遏止。

阿雲無疑也是這起事件中的受害者，她意外知道了自己有這麼樣的一個姑婆，卻在她最需要幫助的時候袖手旁觀，讓她獨自在山水閣，耗費了最寶貴的青春。那還遠比不要知道來得好些。

「辛苦你了，阿雲。」清藏律師說罷，請田邊大人來協助阿雲：「請大人帶她去一趟檢驗所，看一眼桃花吧。」

「沒問題。」

無論是根據王董的帳冊，還是原田順子的收支明細，這兩家富戶之間的密切關係，還有他們與其他官商的合作，足以牽扯到更多達官顯貴的私帳黑幕。清藏律師跟我的任務隨著法會結束散去的人潮而中止，桐生主任跟田邊大人的搜查工作，卻才剛要開始。

送走他們後，村人也一一散去，良慧道士跟他的徒弟們正在幫忙拆壇。

「良慧道士。」清藏律師叫住他。

「嗯？」

「這次多虧了你。」想都沒想過，良慧道士可以成為破案的關鍵：「看樣子瑪蘭那次，還低估你了。」

「不，是我向律師多學習了！瑪蘭那次，只是我的出道之作，往後我可就不會這麼笨了。」

「往後啊。」清藏律師沉吟了一下：「那往後，你也一起加入我跟秀仁吧！」

【後記】

林投姐大概是台灣怪談&鬼怪當中最熱門的榜首，儘管我問過一些年輕朋友，他們都沒聽過林投姐的名號，但很意外地居然都聽說過：「女人半夜付的肉粽錢卻在隔天變成冥紙」的鄉野怪談或都市傳說。而且毫無懸念地，當我告訴這些年輕朋友們，其實這就是日治時代林投姐的故事時，他們先是不可思議地驚嘆，原來島上有這麼多值得玩味再三的故事；而後卻又轉為無奈，埋怨求學生涯，都沒有人願意好好講述這座島的歷史。

也就是基於這樣的想法，讓我開始著手台灣十大奇案的活化工程。

說來慚愧，著手整理台灣十大奇案，已經是大學畢業後的事情，相較於同年齡作家們早在大學時代就開始扣問自身的歷史與空間定位，一直習慣寫古典律詩的我，躋身於覺醒青年之林，簡直就是個後知後覺的老頭子，一度以為歷史課本所教導的山川壯麗物產豐隆，就是我的祖國故鄉，甚至刻了一塊「天地君親師」的牌位，日日焚香頂禮，封建得可以。

後來接觸到一些第一手的史料，包括口述歷史與舊照片和文件，赫然發現，曾經發生在這座島上的一切，有些被人淡忘，有些卻藏在日常生活難以察覺的縫隙之中，透過科學無法解釋的途徑，影響著一代代的台灣人。逞兇鬥狠的性格，遠自於李旦、顏思齊的海盜時代；地方社運年年頻起，其實無異於清領與日治的三年一小反五年一大反；更誇張一點來說，台灣成為全亞洲第一個通過同婚法案的國家，或許都跟當年閩地好男風，羅漢腳遍布全台，有唐山公無唐山媽的社會現象不無關聯。

我是這樣一個願意打開自己腦洞的人，於是我想到的是，台灣十大奇案多半收束在荒誕不經、怪力亂神的結局裡，如果這十大奇案，可以成為台灣最早的歷史推理小說素材呢？於是乎，我開始重新檢視台灣十大奇案，並且嘗試在每個不同的版本中，尋找偵探可以見縫插針的位置。

也是這樣的緣故，清藏律師與秀仁，仿造福爾摩斯與華生的偵探組合誕生了，松本寺的清藏律師，寺號與法號就是向松本清張致敬，而秀仁則是紀念X-JAPAN的吉他手Hide松本秀人所創造的。

台灣十大奇案成為推理小說，是一個龐大且有系統的計劃，我已經完成了上半部分的企劃，也就是前作《清藏住持時代推理：當和尚買了髮簪》的四篇短篇與本作《清藏住持時代推理：林投冤・桃花劫》一篇長篇的成果。前作還沒機會讓清藏律師露臉，這次商請台灣的知名漫畫家上箭Nofi，專程替清藏律師設計了人物形象，下一次，說不定就可以讓秀仁與大家見面了。

接下來，我的挑戰還沒結束，我還會陸續把另外五大案完成，請跟著我與上箭Nofi老師、編輯齊安一起，回顧這座島的真人真事吧。

唐墨

要推理68　PG2117

要有光
FIAT LUX

清藏住持時代推理：
林投冤．桃花劫

作　　者	唐　墨
責任編輯	喬齊安
圖文排版	楊家齊
封面插畫	NOFI
封面設計	蔡瑋筠

出版策劃	要有光
發 行 人	宋政坤
法律顧問	毛國樑　律師
印製發行	秀威資訊科技股份有限公司 114台北市內湖區瑞光路76巷65號1樓 電話：+886-2-2796-3638　傳真：+886-2-2796-1377 http://www.showwe.com.tw
劃撥帳號	19563868　戶名：秀威資訊科技股份有限公司 讀者服務信箱：service@showwe.com.tw
展售門市	國家書店（松江門市） 104台北市中山區松江路209號1樓 電話：+886-2-2518-0207　傳真：+886-2-2518-0778
網路訂購	秀威網路書店：http://store.showwe.tw 國家網路書店：http://www.govbooks.com.tw
總 經 銷	聯合發行股份有限公司 231新北市新店區寶橋路235巷6弄6號4F 電話：+886-2-2917-8022　傳真：+886-2-2915-6275

出版日期	2019年10月　BOD一版
定　　價	260元

國家圖書館出版品預行編目

清藏住持時代推理：林投冤.桃花劫 / 唐墨著. --
一版. -- 臺北市：要有光, 2019.10
面；　公分. -- (要推理；68)
BOD版
ISBN 978-986-6992-19-3(平裝)

863.57　　108012351

讀者回函卡

感謝您購買本書，為提升服務品質，請填妥以下資料，將讀者回函卡直接寄回或傳真本公司，收到您的寶貴意見後，我們會收藏記錄及檢討，謝謝！如您需要了解本公司最新出版書目、購書優惠或企劃活動，歡迎您上網查詢或下載相關資料：http:// www.showwe.com.tw

您購買的書名：________________________________

出生日期：________年________月________日

學歷：□高中（含）以下　□大專　□研究所（含）以上

職業：□製造業　□金融業　□資訊業　□軍警　□傳播業　□自由業
□服務業　□公務員　□教職　□學生　□家管　□其它______

購書地點：□網路書店　□實體書店　□書展　□郵購　□贈閱　□其他

您從何得知本書的消息？
□網路書店　□實體書店　□網路搜尋　□電子報　□書訊　□雜誌
□傳播媒體　□親友推薦　□網站推薦　□部落格　□其他______

您對本書的評價：（請填代號　1.非常滿意　2.滿意　3.尚可　4.再改進）
封面設計____　版面編排____　內容____　文／譯筆____　價格____

讀完書後您覺得：
□很有收穫　□有收穫　□收穫不多　□沒收穫

對我們的建議：________________________________

____

____

____

請貼
郵票

11466
台北市内湖區瑞光路 76 巷 65 號 1 樓
秀威資訊科技股份有限公司 收
BOD 數位出版事業部

（請沿線對折寄回，謝謝！）

姓　　名：＿＿＿＿＿＿＿＿　年齡：＿＿＿＿　性別：□女　□男

郵遞區號：□□□□□

地　　址：＿＿＿＿＿＿＿＿＿＿＿＿＿＿＿＿＿＿

聯絡電話：(日)＿＿＿＿＿＿＿＿＿＿(夜)＿＿＿＿＿＿＿＿＿＿

E-mail：＿＿＿＿＿＿＿＿＿＿＿＿＿＿＿＿＿＿